I0658461

Contocrônicas, umas Tantas

*Histórias para quem gosta
de histórias. Simples assim.*

Jacob B. Goldemberg

CONTOCRÔNICAS, UMAS TANTAS
Histórias para quem gosta
de histórias. Simples assim.

1ª Edição
POD

Petrópolis
KBR
2011

Edição e revisão **KBR**
Editoração **APED**
Capa e Ilustração **Daniel Herz**

Copyright © 2011 *Jacob B. Goldemberg*
Todos os direitos reservados ao autor

ISBN: 978-85-64046-53-5

KBR Editora Digital Ltda.
www.kbrdigital.com.br
atendimento@kbrdigital.com.br
24 2222.3491

B869.3 – Ficção e contos brasileiros

Jacob B. Goldemberg é arquiteto, cenó-
grafo e escritor. Nasceu em Porto Alegre,
em 1936, e vive no Rio de Janeiro. Foi
premiado no 1º Concurso de Crônicas
da UCB e no Concurso CCMA/Moacyr
Scliar de Literatura. *Contocrônicas, umas
tantas* é seu quarto livro publicado.

E-mail: jbgoldemberg@gmail.com
Blog do autor: www.jbgoldemberg.blogspot.com

SUMÁRIO

PROLEGÔMENOS   9

    SOBRE OS TEXTOS   11

UM TOQUE DE MELANCOLIA   13

BENIAMINI   19

PRIMEIRA HOSANA   25

SOBRE BOTECOS   29

E HISTÓRIAS DEL CARIBE   35

MUDANÇA   47

NO JARDIM DA LUZ   51

HONORINA FASHION SHOW   55

SOBRE ARTES. ALGUMAS.   61

MEMÓRIAS DE CINEMA   67

DO LAR   73

PENA, TANTO FUTURO PELA FRENTE!   79

A SEGURANÇA FALHOU. GRAÇAS A DEUS!   85

FRASE-CHAVE   91

HAJA!   95

2 X 1 - FIM DO JOGO   99

DEU NO QUE DEU   107

CINEMA DE RUA   111

BOA-NOITE, ATÉ LOGO   115

CALAFRIO   123

ESTROBOSCÓPIO   129

QUEM DIRIA...   155

ELEMENTAR, MEU CARO JUNG, DIRIA O VELHO SIG, SHERLOCK DE ALMAS   159

ONÍRICO. OU NÃO.   163

NUMA ESPLENDIDA TARDE DE JULHO (QUANDO MULHERES AINDA NÃO
    JOGAVAM FUTEBOL)   167

... TAL QUAL WESLEY SNIPES   171

TEMPOS DA INTEIRAÇA   177

CINZAS   181

VIVER É PRECISO...   187

O ESPÍRITO DO GASTÃO   191

PONTOS DE VISTA D'ÁFRICA   197

A ARTE EM VIDA CONTEMPORÂNEA   199

PARAIZO   205

QUINZÃO   219

TWITTERCONTOS (ATÉ 140 CARACTERES)   225

Prolegômenos

Do português, a palavra que menos tem a ver com o que significa, a não ser no dicionário; portanto, não deitemos erudição e sejamos claros:

Introdução

Segundo o AURÉLIO, o respeitado Novo Dicionário da Língua Portuguesa:

Conto — s.m. — 1. Narração falada ou escrita 2. Narrativa pouco extensa, concisa, e que contém unidade dramática, concentrando-se a ação num único ponto de interesse.

Crônica — s.f. — 3. Pequeno conto de enredo indeterminado. 4. Texto jornalístico redigido de forma livre e pessoal, e que tem como temas fatos ou ideias da atualidade, de teor artístico, político, esportivo, etc., ou simplesmente relativos à vida cotidiana.

Então, CONTOCRÔNICA: um mix dos dois modos de dizer uma história, onde se conta e comenta toda, tudo e todos;

e mais os periféricos - lembranças e comentários que surgem a partir do tema fulcral (eta palavrinha desenxabida!), às vezes com ligação estreita, outras, sabe-se lá porque, surgindo na hora; e, mais: além de neologismos e modismos não acadêmicos e palavras alienígenas, incorporadas ao entendimento contemporâneo, suscita lembranças afetivas — as reais e as imaginadas —, por parte do autor e do leitor, também. Ato de leitura participativa, interativa, não é bom? Ora se é!

A temática, sem restrições. O que der na cabeça ou no coração, o que vem a ser a mesma coisa. Se a diversidade do ser é o que caracteriza a unidade da raça humana, sejamos! Tudo interessa, porque, se não a nós, a alguém que conhecemos, e se não conhecemos, imaginamos e almejamos. Para nós e para vós.

A contocrônica é mais ainda: é nutritiva. Não tem gorduras, nem supérfluos; só alimenta com o essencial, vitaminas com todas as letras. Objetiva, vai direto ao ponto, o que, se por um lado não agrada a quem é chegado a um floreio, a um estiloso solilóquio, é consciente cerzideira : não dá vez às conhecidas desculpas esfarrapadas, principalmente as "não tenho tempo para ler", "minha vida é um turbilhão, não me sobra tempo para nada"; tem que assumir, só não lê quem não está a fim de.

E por que ler o que escrevo? Quem sou? Não importa. O que vale é o prazer de ler, de contar. O prazer de ser, de trocar, de viver.

Vivamos!

SOBRE OS TEXTOS

Todas as histórias são verídicas, como toda ficção.
Toda verdade é ficcional, como toda versão.
É como é dito nas Minas Gerais:
a versão é mais importante que o fato.

Todos os textos são atos de fé,
escritos por minhas cabeças,
cada qual em seu tempo,
e ao meu modo.

UM TOQUE DE MELANCOLIA

Desde o medieval O nome da rosa, passando pelos versos de Gertrude Stein — "Uma rosa é uma rosa, é uma rosa..." —, sabemos que as palavras se bastam, quando têm a força e o impacto necessários para que seus significados passem a existir.

Para *workaholic* — aqui e agora —, por ser em língua estrangeira, pensamos numa tradução significativa, tal como "trabalhador inveterado", ou "tarefeiro compulsivo", "viciado em trabalho" ou, até, "servidor neurótico", todas expressões compostas e nenhuma delas com a força da inglesa, fusão de duas em uma, com significação direta, atual e impactante: diz tudo, tudo o que se pretende que se entenda. Ora, pois, que me desculpem os puristas e os nacionalistas, mas os personagens e componentes desta história induzem à conspurcação da língua mãe com expressões alienígenas já consagradas — técnicas umas, importadas outras —, deletando o similar nacional, com todo o respeito; isto, porque não existe nada melhor para definir uma *workaholic* do que "*workaholic*". Justamente o que ela era.

Seu dinamismo inesgotável, sua simpatia e fácil relacionamento com qualquer pessoa, salvo — por princípio — o marido, eram completados pela boniteza natural, coisa rara em tempos atuais, porque isenta de botox e silicones.

Profissionalmente envolvida com casa e cor, com os mais importantes e badalados corretores de artefatos de decoração — explorados vitrinistas das melhores casas do ramo —, era a preferida pela grande maioria por sua qualidade, pontualidade e honestidade — coisa rara, também.

Vestia-se bem, elegante sem perder a praticidade, de modo a viabilizar seu entendimento, assaz particular, do deslocamento físico no espaço urbano, ou seja, cinco minutos o espaço de tempo gasto para se ir de qualquer lugar a outra parte da cidade. Complementando a imagem de executiva antenada com a modernidade — que lhe permitia adentrar qualquer ambiente desfilando na categoria *up to date* com o século XXI —, um laptop de última geração em sua maleta italiana na cor goiaba, compensando a grande bolsa Louis Vuitton: mais ou menos uns quatro quilos de agenda, caneta Montblanc e apetrechos de maquiagem Shiseido, nada de similar ou genérico, por favor!

Naquela tarde, telefonaram para o escritório do marido dando a notícia do falecimento de um amigo, indesejado mas inevitável, aguardado há muito, devido à doença insidiosa e traiçoeira. Aquela.

— O corpo vai ser cremado amanhã, às onze horas. Vamos juntos?

— Não, é melhor ir cada um por si, cada qual com seu carro, pois de lá vou a Niterói, depois à Barra e tenho uma reunião no Centro, depois de pegar o pessoal no escritório para montar uma obra oi.

— Pegaste uma obra da Oi?

— Não, o oi eu dei para uma cliente que acabou de entrar, serve um cafezinho e uma água, já falei quantas vezes?! É uma monga mesmo!

— Quem, a cliente?

— Não, gênio! A secretária, traz aí a proposta!

— Então ficamos combinados assim: cada um por si e Deus contra todos. Até mais! — Desligaram.

Ele chegou meia hora antes, como sempre, encontrando o salão de estar do Crematório do Caju bastante cheio; muitos óculos escuros — que é para quem não chora dar a impressão de que chorou —, pessoas trocando condolências, outros desfiando confidências, mão no ombro, palavras ao pé do ouvido e outros tantos, não se sabe bem o motivo, às vezes gargalhando: um típico velório. Na sala da capela, palidamente iluminada, um caixão sobre a esteira rolante que o levaria ao forno, ladeado por coroas de flores saudosas e algumas pessoas, não muitas, pouca conversa e mais óculos escuros.

Ela chegou meia hora depois, como sempre, mas tudo estava atrasado mesmo, ela sempre contava com isso: prontos pêsames e solidariedade aos parentes identificáveis — e aos estranhos também, quem sabe... — na sala de espera. Viu o marido, abriu um sorriso, pegou-o pela mão, desmontou o sorriso e o arrastou, apressada, para a capela. Enquanto ele se dirigia, curioso, à coroa maior, do lado direito, ela, célere, visava o caixão. Rápido, quase num pulo, o marido pega-lhe o braço e, delicadamente, mas com determinação, a arrasta para fora, sussurrando:

— Disfarça que o falecido não é esse. O nosso vem depois.

— Jura?

— Com certeza, vi a coroa. Te salvei de um mico do tamanho de um orangotango, minha cara.

— Tá bem, olha lá a irmã dele, não é? Vamos falar com ela.

— Aquela é a velha babá, mas tudo bem, deve estar mais triste do que a irmã, uma chata de galocha!

Já estavam estendendo a mão para o ritual de condolências quando perceberam que o salão se esvaziara, enquanto a capela, ao contrário, estava cheia de gente, uma grande movimentação: os presentes à cerimônia haviam mudado — todos, embora não parecesse, pela postura, murmúrios, prantos e óculos escuros.

— Tenho cinco minutos, não vou poder esperar mais. Você fica, me representa e a gente se vê à noite.

Ato contínuo, se precipitou para dentro da capela na tentativa de chegar junto ao caixão — coberto com a bandeira do Flamengo, do qual o morto fora sócio benemérito e torcedor fa-

nático —, a família em volta e em prantos. Teve alguma dificuldade em abrir caminho, com a bolsa e o laptop batendo contra uns
e outros; agoniada, viu o caixão começar a se mover em direção
a seu destino final. Neste momento, o salto agulha se quebrou
— um traje prático mas nem tanto, há limites que a elegância
não permite desconsiderar —, a executiva perdeu o equilíbrio, o
laptop escapou-lhe da mão e, leve, como ela tanto procurara, foi
lançado à frente caindo sobre a esteira; desesperada, ela tentou
pegá-lo se projetando contra a urna funerária e arrastando para
o solo sua elegância, que já nem era tanta, e a bandeira do mais
querido, aos gritos de "ele é meu!", "parem o caixão!"

Nesta altura da cerimônia, o responsável pelo acionamento
nem tomou conhecimento dos gritos e choros — o equipamento
não para —, acostumado ao desespero do cônjuge sobrevivente,
a cena é sempre a mesma... Dentre as expressões dos circunstantes — espanto, surpresa, susto —, a que tornou o momento mais
constrangedor foi a da esposa do falecido, que nem a conhece e,
certamente, se questiona: "Quem é essa louca? Será que o safado
tinha... e eu não sabia? Ele não valia tanto desespero... E ainda é
vascaína, a safada!"

Em meio à inusitada coreografia, para um evento dito fú-
nebre, Beethoven atacou de Nona — um dos mistérios da eletrônica de ponta, essa incompatibilidade entre o telefone celular e
a campainha de telefone; só são aceitos toques escalafobéticos,
quanto mais, melhor; e alto, para os devidos psiusss nos locais fa-
voritos: cinema, teatro, hospitais, igrejas e velórios, e agora, também, o crematório.

Bolsa aberta, agenda e tudo o mais espalhados pelo chão
e embolada com o glorioso estandarte rubro-negro, a executiva
tenta, em posição ingrata, recolher os escombros; os mais próximos se recompõem, tentam ajudá-la — os homens, naturalmente! —, uns com olhar reprovador, outros segurando o riso e arriscando um olhar galante.

— Cadê meu celular! Ei, peraí, não pisa! Tira a porra dessa
bandeira daqui!

Mais uma vez, o marido — seu cavaleiro andante e um Jó de paciência —, acode e controla a situação. Levanta-a, recolhe a munição à bolsa e a leva, carinhosamente, para fora da capela.

— Calma, meu bem! Relaxa. Já passou, vamos andando.

— Mas eu tenho que... Tenho reunião agendada com a...

— Você vai conseguir, sabe que vai. Querer é poder, não é assim que você diz? Em cinco minutos você estará lá, como sempre. Vai, relaxa, respira fundo.

— O motorista, cadê meu carro?

— Calma, ele está lá fora, paquerando a babá da filha do Rodrigão. Já fiz sinal para ele. Olha lá, já está na porta, vamos.

— Mas como é que vou fazer sem o meu laptop? Como vou mostrar os trabalhos? Me diga: na mão, como uma artesã? Nem morta! Isto já está mais do que *off-white*...

— O jeito é chamar o escritório, mandar a secretária pegar um taxi e levar as fotos onde você vai precisar; ou então, mandar pelo motoboy.

— É, é o jeito. Só espero que ela não entenda tudo errado. Nos vemos à noite. Tchau!

— Beijo!

É noite. No seu quarto, todo branco e espelhado — "como tá se usando", ela sempre pontifica —, toda Victoria's Secret e recostada na cama, faz a última revisão na agenda do dia seguinte. Como marcador de data, um folheto da HP, com a imagem do seu saudoso e torrado laptop. No olhar, um toque de melancolia; "tá bem, compra-se outro; mas aquele tinha algo de especial, foi o primeiro, e a primeira vez a gente nunca esquece..."

— Boa-noite, meu amor. Porra, já dormiu. Insensível!

Beniamini

Cada viagem é uma viagem, oniricamente falando. Ainda mais se para a terra das nossas raízes, onde finalmente — e como ! —, troncos, galhos, folhas, flores e frutos — milhares de! — explodem, em vigorosa e profícua diversidade, típica da alma judaica; a unidade na diversidade, gente muito gente, e golems, inclusive.

Vivenciam-se fatos, ouvimos História e histórias, e trazemos as que mais têm a ver com o que queremos ver. A minha, contada numa visita às escavações no Muro das Lamentações pelo excelente guia — porque orgulhoso do que fazia —, certamente muitos já ouviram, muitos ainda a ouvirão, mas quero contá-la porque, ao final de cada versão, se faz uma nova verdade. Foi assim:

Quando ele chegou, já tinha uns setenta anos. Corpo franzino, mas rijo, um pouco encurvado, um brilho alegre e decidido no olhar. Pouco loquaz, era sobrevivente dos campos de extermínio e queria um emprego, junto ao Muro e no setor de limpeza. O encarregado do pessoal vasculhou seus registros, a intenção era arranjar-lhe uma vaga. "Se fosse em outro setor, teríamos agora, mas o senhor insiste..."

— Pois é, é isso mesmo, e fico muito agradecido.

— Então, só para daqui a dois meses. Vai vagar um lugar.

— Tá bom, eu espero; e lhe fico imensamente grato. Volto na data que o senhor marcar, aqui estão meus papéis, pode registrar e até lá. *Shalom!*

— *Shalom.* Como é mesmo o seu nome?

— Beniamini, Shmuel. Pontualmente, dois meses depois, ele se apresentou. Trâmites burocráticos realizados, o encarregado o apresentou aos colegas e à sua mesa de trabalho.

— *Adoni,* acho que o senhor se esqueceu ou houve algum engano; eu quero trabalhar na limpeza, no Muro.

— Mas meu velho, sejamos francos: para seu estado físico e idade, limpeza externa é um serviço muito pesado. Pode não sair bem feito, pode não lhe fazer bem. E a responsabilidade é minha, em ambos os casos.

— Pode deixar, eu garanto e faço questão. Depois do que eu já enfrentei, não será uma vassoura que vai me derrubar, e chuva e sol não me dizem nada. Pode deixar, fique tranquilo.

Promessa feita, promessa cumprida. Por um bom par de anos, o velho cumpriu suas obrigações com eficiência e decisão, no semblante um ar de prazer, de projeto realizado. Curioso, Itzhak, o guia, foi com o tempo se chegando a Beniamini, puxando conversa, trocando ideias, pedindo opiniões. Ganhara a sua confiança, e, agora, costumavam comer sanduíches juntos à hora do almoço, sentados na mureta em frente à entrada dos sanitários públicos.

— Shmuel, diga-me uma coisa, sinceramente: o senhor não acha que deveria trabalhar em outro setor? Isso é muito pesado para a sua idade. Ou será cabeça-dura de judeu velho?

— Não, meu rapaz. Tudo na vida tem sua razão, senão as coisas ficam sem sentido. Não sou cabeçudo, sei o que quero e estou feliz assim; enquanto der, estarei aqui, não quero outra vida. Até já quiseram botar um russo recém-chegado no meu lugar, mas a briga foi boa e aqui continuo.

— Mas, então me diga, por quê?

— Vou te contar. Imagino que, além de você, muitos outros devem ter a mesma curiosidade. Vou te contar e pode espalhar. É até bom!

Quando eu estava em Auschwitz, trabalhava na faxina, na limpeza externa. Sol, chuva, neve, lama, nada importava; decidira comigo mesmo que aquilo seria uma forma de me manter fisicamente bem, encarava como exercício, era minha academia de ginástica. Eu tinha que resistir, estar firme; nas minhas orações, nunca esqueci o *Shemá* e o "ano que vem em Jerusalém".

Havia um tenente nazista alto, forte, um típico exemplar de ariano puro, como eles se achavam — e se é que isto existia —, que por algum motivo, eu nunca soube qual nem quis saber, não diria que se afeiçoou por mim, mas, pelo menos, não me odiava definitivamente. Isso me garantia alguma ração de comida a mais e pancada a menos. Ele, que não sei que fim levou, até tinha algum conhecimento do ritual judaico, alguma relação frustrada, não sei, pois toda vez que podia, sorrindo maquiavelicamente, nunca deixava de me apontar a coluna de fumaça saindo do forno crematório e dizer: "Pode ter certeza, ô velho, ano que vem em Jerusalém só por aquele meio de transporte!" E ria, uma risada que nunca vou esquecer.

Eu aceitara o jogo, achava que assim teria forças; e a cada fustigada do grande guerreiro reagia intimamente, me firmava na decisão: vou sobreviver, vou trabalhar para sempre na faxina, na limpeza, mas em Jerusalém; no ano que vem!

E é por isso que vencemos. Aqui estou, cumprindo meu plano de vida, arquitetado no campo da morte. Sou feliz, não me queixo e não quero outra vida; casei de novo, tive filhos, netos, que mais posso almejar?

Ao final da história, o guia estava emocionado. Nós também. Todos, sem nada combinar, tocavam o Muro com a mão.

— Que fim levou Beniamini? — alguém perguntou.

— Ainda trabalha na limpeza externa; deve estar com mais de oitenta anos — foi a resposta.

Por quantos anos, e para quantos mais, esta história será real? Para sempre e para todos, é preciso que assim seja.

Uma amiga, a quem a contei, ou, melhor dizendo, contei esta versão, me escreveu:

"...creio que tivemos o mesmo guia, pois a história contada é quase igual, só que achei uma incongruência na história de Beniamini, quanto à cronologia e às idades. Estou certa?"
Anita X., Rio de Janeiro, por email

É. Pode ser. Deixando de lado as emoções, o que não melhora a história em nada, incongruência há. Mas não levemos tão a sério as datas, a razão: entreguemo-nos à fantasia, à poesia. Faz muito mais do que bem!

O que importa é o sentido que tiramos das coisas, fatos ou versões, pois eles flutuam, bailam, ou se desmancham no ar, sem tanto os pés na terra: triste de quem os têm permanentemente. O próprio Beniamini não é um; são tantos, são vários, sempre, através dos tempos. Quando outro, a história seria diversa, talvez...

Shmuel Beniamini, naquele dia, estava um pouco mais cansado do que o costume. Mesmo assim, cumpriu sua rotina matinal, e, na hora certa, estava no trabalho: faxina e limpeza no Muro das Lamentações, que já começava a se agitar com a aglomeração de religiosos e turistas. Havia acordado com a sensação de que aquele dia não seria igual aos outros, o que era bom; afinal, com o passar do tempo, já sabia exatamente como seria o minuto seguinte ao minuto passado. Rotina...

Abaixando-se para apanhar um jornal, deixado ao pé da lixeira, sua atenção foi atraída para uma foto estampada na primeira página: "Mais um empresário ficando mais rico do que já era." Estranho, será que já vi este camarada? Bobagem, quem sou eu? Não frequento estas rodas... Ele na dele, eu na minha, e Deus contra todos...

Shmuel sentiu algo, como um mal estar, rondando sua cabeça. Endireitando o corpo para respirar melhor, reparou no casal quase à sua frente: o cara da foto! Ela, mais afastada, com um xale nas costas e uma echarpe lhe cobrindo a cabeça; ele, de terno escuro, de fino corte, elegante. Recuavam, afastando-se do muro; andavam para trás, os passos miúdos, reverentes, quase se arrastando.

O velho prestou mais atenção ao casal; a sensação não era confortável. Ela, cabisbaixa, ele, encurvado, como se carregasse um pesado fardo às costas. Seus olhares se cruzaram, fixaram-se um no outro; o elegante, um olhar de penitente, e Shmuel, de brilho e glória.

— *Mein Herr, wie geths?* — exclamou o velho, o mais alto possível sem que parecesse um grito.

O homem se encurvou mais ainda, virou-se, tropeçou, e apoiado no braço da mulher, apressou o passo, dirigindo-se para o setor cristão da Cidade Velha. Ressoava em seus ouvidos a última frase que Beniamini lhe dirigira, os olhos brilhando, a expressão finalmente vitoriosa no rosto intensamente enrugado, por baixo dos cabelos alvíssimos:

— Há quanto tempo, tantas vezes, desde o ano passado, o esperamos em Jerusalém! *Shalom!*

Primeira hosana

Então, houve um casamento pelas bandas do Oriente. Ele perambulava por lá junto com sua turma, peripatético, tranquilo porque sua mãe cuidava da organização do evento. Logicamente, era convidado — o mais importante —, ele, seus amigos e os parentes mais chegados.

A festa era de grande repercussão, os noivos de famílias de nobre estirpe; até um mestre-sala havia sido designado — o que viria a ser conhecido, posteriormente, como chefe de cerimonial.

Eis, porém, que em dado momento, já com a animação correndo solta, uma falha: o vinho acabava. O mestre-sala, diplomaticamente, falou com a organizadora, que discretamente se dirigiu ao filho: — Eles não têm mais vinho.

Já um pouco nas alturas como costumava ficar, e de onde alguns, mais embebecidos, afirmavam tê-lo visto chegar pilotando uma pomba branca, ele lhe respondeu, meio rude, como costumava ser: — Mulher, que tenho eu com isso? Ainda não chegou a hora, deixe-me aproveitar, estou na minha, depois resolvo. Meio sem graça, ela se dirigiu ao pessoal da copa: — Esperem um pouco, façam tudo o que ele disser, quando disser; e se vocês entenderem o diabo daquelas parábolas!

Avisado das primeiras manifestações de desagrado pela escassez de combustível, ele, como o senhor de plantão, dirigiu-se aos serviçais, na copa, onde seis talhas de pedra, de 120 litros cada, já deixavam transparecer o fundo, pois pouco vinho lá restava.

— Encham as talhas com água — lhes ordenou ele, num tom que ninguém no salão pudesse ouvir.

Eles as encheram totalmente.

— Agora, vão tirando aos poucos e levando para o mestre-sala — definiu firmemente. E eles assim o fizeram.

Os convivas e o mestre-sala provaram do novo vinho, que novamente inflamou a festa: — Um milagre! — era o comentário geral.

A boa nova se espalhava de boca em boca. O mestre-sala dirigiu-se ao noivo, encantado com o vinho, sem saber donde viera e como aquilo acontecera; e, obsequioso, disse-lhe: — Todos costumam pôr primeiro o bom vinho e, quando já beberam fartamente, servem o inferior; tu, porém, guardaste o bom vinho até agora. É divino, um verdadeiro milagre!

E com tal obrar, deu ele inicio a seu prestígio e fama como milagreiro; depois, alguns dias depois, foram-se todos: testemunhas e autores de mais um daqueles momentos em que, na história da Humanidade, vicissitudes de momento levam a soluções criativas, fadadas a passar por divinas providências.

Uns dois anos mais tarde, por razões políticas, ele viu-se impedido de usufruir de sua invenção. Sua família teve que fugir para onde, atualmente, fica a França; e lá divulgou a santa criação daquele vinho, que viria a tornar-se sucesso de público e uma florescente indústria. Até hoje.

A patente de invenção não lhe foi atribuída nem reconhecida como tal; porém, a história do acontecido foi registrada por escrivão juramentado da época no Livro João 2.1-12.

Eis que, assim, vos contei sobre acontecidos lá pelas bandas do Oriente, nos idos de 3780, sobre o que também escreveria seu primo João, um dos precursores do realismo fantástico. E daí? Qual?

Pirandello, grande pensador do século 20, diria em síntese primorosa: *Assim é se lhe parece*, o que torna tudo rosé; nem tinto profundo, nem branco cristalino.

SOBRE BOTECOS

E stá no AURÉLIO:

Botequim: Estabelecimento comercial onde se servem bebidas em geral (bebidas alcoólicas, refrigerantes, café, etc.) e pequenos lanches; bar; boteco.
Aqui e agora:

Boteco: Pulsante local por onde a vida desfila.
Por quê? Está no AURÉLIO: Pulsante (Adjetivo), Pulsar (Verbo, do Latim *Pulsare*): 1. Movimentar por meio de impulso; impelir. 2. Pôr em movimento desordenado; agitar; abalar. 3. Tocar, ferir, tanger, dedilhar. 4. Perceber por certos indícios; sentir, pressentir. 5. Procurar saber a opinião de, sondar; consultar. 6. Repercutir, soando ou ressoando. 7. Ter pulsação, bater, palpitar, latejar. 8. Respirar a custo; ofegar, arquejar, anelar.
Então, *pulsar = botequinar*; pois o que aí não acontece, em uma só noite, em qualquer boteco que se mereça? Então, mais uma história de boteco.

Charivari

Esta é uma história que, já bem passados vários anos, continua presente no imaginário copacabanense. O que aconteceu certa noite, se não foi exatamente o que tem sido transmitido, passou muito perto, talvez até mais do que tem sido dito, porque as circunstâncias tornaram impossível a contabilidade correta dos deves e haveres, chopes e caipiras, batidas e tapas; em todos os sentidos.

Era uma 6ª feira, o que prometia, para o fim de semana, fantasias, praia, bar, boate e futebol, cada qual na sua ordem preferencial.

Humberto Octávio havia chegado de São Paulo à noitinha; ligara para os amigos e já lá estava, refeito, banhado e perfumado, pronto para a primeira balada carioca — a palavra "balada", para o carioca, ofende mais o ouvido do que trabalho no sábado ou domingo, já lhe tinham dito.

A mesa era de seis, e o bar fervilhava desde há muito, "é hoje, tô sentindo no ar!" O papo rolava solto, bem regado, descontraído, quando o paulistano vislumbrou, duas mesas adiante, um grupo de alegres mulheres, todas belas e fagueiras; modernas, falantes e gesticulantes, sem homem algum à mesa para lhes cortar o barato.

Humberto Octávio pensou rápido: "Se alguma coisa tem ali em excesso, é falta de homem". Para sua surpresa, como uma faísca elétrica descarregada por seu pensar, percebeu, da morena mais exuberante, mais animada, uma piscada de olho, "sim, é a força do pensamento, opa, que que é isso, meu? Será que estou vendo bem ou é miragem? Antiquado, mas promissor, sabe-se lá?"

À sua volta, seus dois mais próximos: Joca, para quem opinião só existia de dois tipos: a certa e a dos outros, e Marcim, que tudo sabia, tanto que respondia toda e qualquer pergunta antes mesmo de o interlocutor conseguir completar a terceira palavra da questão. E foi para os dois que ele apelou, contando o percebido, ainda com uma ponta de dúvida.

— Deixa ver, sô, se você não tá já bêbado — e Marcim fez um ar de profunda concentração, franzindo a testa; Joca balançou a cabeça, com um olhar de plena aprovação; nos ouvidos de Humberto Octávio, em segredo, se enfiaram "Vai nessa, cara. É isso mesmo, ela não tira os olhos de você. Olha lá, piscou outra vez!"

— Puta sorte, meu! — exclamou o paulistão, dirigindo um olhar sedutor para a mesa das meninas e arriscando também uma piscadela. Foi correspondido. O mulherão piscou novamente, olhou para a cadeira vazia ao lado, voltou-lhe a cabeça e piscou outra vez, "putzgrila, melhor que isso só um chopps e duas pizza no Bixiga, meu", e, ato contínuo, levantou-se e foi em direção ao banheiro.

Já que ela lhe indicara a cadeira, todos deviam ter visto — pelo menos o Joca vira —, Humberto Octávio, na volta, parou; sussurrou alguma coisa no ouvido dela e fez menção de sentar-se, o que de fato não chegou a ocorrer, porque o que se ouviu foi o estalar de um só tapa, em plena bochecha. A dele. Silêncio geral, incrível: o silêncio se instalou instantaneamente.

Todos acham que faltou classe, jogo de cintura para o paulista baladeiro; em vez de um dito espirituoso, uma tirada elegante ou, mesmo, uma retirada estratégica, Humberto Octávio, com um ar superior, mandou uma bolacha na menina; o que fez com que ela caísse, com cadeira e tudo, dando início ao maior charivari de que se tem notícia por aquelas bandas.

Sobre o como e o porquê ocorreu o que se seguiu, até hoje os botequineiros freudianos discordam dos lacanianos, de modo inconciliável; porque, para espanto geral, aquele sacrossanto espaço de debates e etilismo estilístico transformou-se num campo de batalha. Todos se envolveram numa briga generalizada, até hoje não explicada pelos junguianos coletivos nem por qualquer outra tribo menos conhecida; os contendores se dicotomizaram, homens contra mulheres, sem distinção de raça, cor ou credo, cadeira, guarda-chuva, bolsa ou celular.

Os garçons, neutros — todos eram seus clientes preferidos —, se agacharam atrás do balcão; a caixa e Seu Manoel da Gam-

JACOB B. GOLDEMBERG

boa, o rotundo proprietário, fecharam a gaveta da féria e correram para fora, à procura de uma autoridade; um homem de terno
preto que ia passando — um segurança, pelo traje —, entrou na
refrega, distribuindo tapas e pernadas, e não conseguindo aplacar
os ânimos, logo se escafedeu, sem dizer ao que viera — consta
que foi ele quem deu sumiço em várias carteiras e celulares que os
clientes deram por falta, quando as coisas entraram nos eixos. Parece, pelos testemunhos dos vizinhos, que aquele nem segurança
era: vinha passando e não perdeu a chance de um ganho extra.

Mais por exaustão do que por resultado reconhecido do
arranca-rabo, afinal sem uma causa por defender, a exaltação e
histeria arrefeceram; os próprios iam arrumando o que haviam
derrubado, sentando-se uns, ajudando-se outros, pedindo novos
chopes — o que era próprio para momentos de paz entre os homens de boa vontade, olhando em volta, fazendo um reconhecimento do Austerlitz copacabanense. Algumas retocavam a maquiagem, outros recompunham a estampa, muitos sorrindo, sem
graça, uns poucos, com vergonha; o popular Don Ramon, sentado
no chão, encostado à parede, camisa aberta já sem botões, arfava,
com a protuberância ventral à mostra e a peruca acaju caída sobre
a testa; sua mulata preferida daquela noite procurava levantá-lo,
o que não era fácil, já que também buscava descobrir onde fora
parar seu outro pé de sapato, o que não quebrara o salto.

Numa mirada mais cuidadosa, via-se, de quatro, Antonio
Augusto, o advogado, à procura de seus óculos fundo de garra-
fa: sem eles, já tinha cortes em três dedos, mesmo com o auxílio
amigo e solidário de inimigos recentes; Regininha, a loura, per-
guntava ao namorado cabeludo e desgrenhado, em pleno esfrega
de reconciliação, por que fora a briga, afinal; Dna. Carmencita, a
inspetora do MEC, ainda revoltada, afirmava:

— Tem gente que não se dá ao respeito, nem em um momento sério! Passaram a mão na minha bunda, em plena refrega! Cadê ele? Quero ver agora! — desafiava, na esperança de não
perder a chance de terminar o que tinha começado, não importa
como. "Nunca se sabe, pode ser desta vez..."

Até que, finalmente, voltou à normalidade o ambiente, que exige e merece respeito: um pouco mais agitado, mas ainda dentro dos conformes. Seu Manoel, mesmo com alguns copos quebrados, acabou faturando mais do que o normal em chopes e pastéis, que ninguém é de ferro! E, assim, os grandes problemas d'ontem, d'hoje e d'amanhã puderam voltar a ter suas soluções etilicamente encaminhadas. Voltou a sorrir a noite de Copacabana.

Somente em uma coisa houve consenso, quando dos retrospectos criteriosos no sábado e no domingo: fora muita molecagem não terem alertado o Humberto Octávio sobre o cacoete ocular de Virginia 42 — gente boa, líder da alegre mesa das moças alegres —, cujo epíteto fora obra de Seu Manoel, em reunião de organização e métodos:

— Não quero discriminação no meu estabelecimento, nada de chamar de viado ou sapatão, não admito, ora, pois! Vamos dar números aos clientes, fica mais fino.

E histórias del Caribe

Setenta e sete anos haviam se passado desde que El Conquistador fundara a cidade. No litoral do Caribe, as tépidas águas de suas duas baías, o ouro, os índios e os escravos resplandeciam ao sol dos trópicos, *calientes*, sensuais, sonoros e bailantes; como hoje, o que já fora e sempre. Apenas sem o ouro, que os escobares d'El Conquistador haviam se esmerado em rapinar e disputar com os piratas de estirpe plebeia e os de nobreza futura.

Como bem lembrava Don Esmerino, testemunha ocular, do Drake que mesmo depois de nobre não se esquecera dele — seu fornecedor de folhas de coca para o chá das cinco —, contava, mais uma vez, a quem parasse para um dedo de prosa na porta da Igreja de San Pedro, onde costumava sentar-se toda tarde, depois da manhã inteira mascando sua folha de coca com pó de cal: um saudosista, que sabia valorizar a cultura ancestral.

Hoje, bem ali do lado do Museu de Arte Moderna, antes do Restaurante Isla Del Encanto, ele via o Posto de Saúde recém-inaugurado — prova da maturidade e modernidade da atual administração. O que não acontecia na minha adolescência, quando todo ataque de piratas — segundo descreviam meus livros — encontrava o governador acamado, com achaques de gota que sempre o levavam a transgredir a lei e a ordem: dividindo o butim e deixando a libertação da filha para um nobre cavalheiro faminto de heroísmo, altruísmo e de filhas de governador.

No princípio, orgulho pela distinção: Sede do Tribunal do Santo Ofício da Inquisição, nobre e pia instituição que vinha reconhecidamente, há três séculos, contribuindo para o desenvolvimento social criando mais postos de trabalho, em parceria com o Sindicato dos Carrascos, Fornecedores de Lenha e Combustível, Coveiros e Afins, e ao Bispo, o venerável D. Juan, a patente de Inquisidor-Mor. Era muito para a cidade, e mais ainda para aquele homem de Deus, ora todo em púrpura, dourados e brilhos, ora em larga e soturna batina preta — simples, como seria de se esperar de um humilde e devoto servidor de Nosso Senhor. "Nosso, lá deles", costumava lembrar Don Esmerino, saudoso de seu Xamã de fé que já desencarnara fazia tempo.

O novo guardião-mor da santidade dos que não eram santos, sempre com um sorriso nos lábios, a afagar a cabecinha de toda criança que lhe passasse ao lado, branca ou indígena, sem distinção. Bastava ter uma alma que ele apascentava, era de seu rebanho; com exceção dos negros, escravos ou não, que sabidamente não a tinham.

Para estes, já bastava o incômodo D. Pedro em campanha para a Academia dos Santos, que — diziam à sorrelfa — os protegia e até os beijava; mas aqui é melhor não se aprofundar, porque esta história pode descambar. Há muita maledicência: afinal, ele venceu, virou imagem, estátua, *point* turístico.

As novidades traziam também alterações necessárias para adaptar aos novos tempos a estrutura urbana. Os vários velhos Esmerinos viam o imponente e nobre sobrado — com portal de pedra lavrada e duplo avarandado, residência do pio D. Juan — sofrer obras de adaptação para a agora sede do baluarte da fé, a maior e única fortificação contra o mal das bruxas e hereges.

A ele foram acoplados dois sobrados, um magnífico pátio de grossos muros de alvenaria e duas fontes em torno de uma esplendorosa árvore — cuja copa sombreava o vazio entre as construções, deixando filtrar por entre suas ramagens raios fugidios de sol: um ambiente de raro esplendor visto dos aposentos do senhor Bispo e das celas de espera da próxima saída do cortejo dos Autos de Fé, bem mais tranquilo e reconfortante, contrastando com o andar superior onde se instalara a Sala de Julgamentos — à qual os acusados eram arrastados, sempre recalcitrantes, desde um sobrado do outro lado da Calle Santo Domingo, pela Pinguela dos Suspiros, onde ficava a Masmorra da Fé, penúltimo passo antes da Redenção Ígnea.

Os velhos Esmerinos — poucos deles — quando o barulho do cortejo suspenso os acordava, arriscavam um olhar: não era de suas índoles, nem da dos índios, mas, coitados, de fé e santidade não entendiam nada. Era preciso que assim fosse, era mister defender suas almas.

Com o tempo, o poder pelo temor ia tomando conta de De Las Ninfas Del Caribe. A simples visão de D. Juan cercado de seus soldados carrancudos, mesmo que sempre à procura de uma criancinha para afagar, fazia os circunstantes se recolherem em suas posturas, baixarem a cabeça, desviarem o olhar; alguns, disfarçadamente, faziam o sinal da cruz como saudação e profissão de fé, principalmente os Marranos (que não eram bobos).

Na última vez em que Sir Francis Drake lá aportara, comentara já no segundo dia com seu Imediato: — *Disgusting!* A vila, que ele e outros colegas de profissão haviam visto crescer, e que tanto haviam ajudado a espoliar, já não era a mesma. Aliás, nem mais graça tinha. As grandes fortificações já começavam a dar trabalho ao seu trabalho; cidadãos se organizavam em torno do Governador, para impedir que ele sozinho roubasse as riquezas extrativistas — descontada a parte da Igreja, é claro. E havia ventos libertários, novidades entreouvidas e trazidas de outros lugares da Europa: até aos negros queriam imputar uma alma, os nobres se pretendiam politicamente corretos e os índios, bem, estes seguiam mascando coca.

Por muito tempo, Don Ernesto fora intocável. Filho mais novo de poderosa família espanhola, cujo Patriarca chegara lado a lado com El Conquistador — de quem era o braço direito, mais conhecido como *El Brazo Izquierdo*, justo o que faltava ao Nobre Fundador —, era querido e conhecido por toda a cidade; distribuía simpatia, ajudava os desvalidos e, nas festas populares das quais era assíduo e requisitado frequentador, cantava, dançava e tocava maracas como ninguém.

Era nobre, fino e educado, charmoso por graça de Deus: sempre disposto a defender as moçoilas, na vertical, e a atacá-las, na horizontal, com sucesso de público e de crítica. Admirado e protegido pela população, ídolo pop da metrópole caribenha, há muito estava atravessado na garganta do Inquisidor-Mor. Não era, de fato, o que se poderia chamar de um bom cristão, um exemplo digno de ser seguido; ia contra todos os princípios pelos quais batalhavam os fiéis padres confessores, séquito e vanguarda atuante da Santa Inquisição sob seu comando.

— Deixa estar, um dia ainda o pego — dizia D.Juan, em suave murmúrio, o olhar melífluo, passando a mão na cabeça lourinha de Sven, mais nova ovelha de seu rebanho, filho de uma família nórdica que acabara de chegar em busca do calor dos trópicos e da natureza em seu estado mais puro.

Os poucos que já tinham privado de sua intimidade admiravam o seu preparo — não era à toa que havia chegado onde estava — e seu variado instrumental, a literatura profissional de alta qualidade e a mui vasta biblioteca artística coletada em suas viagens — os admirados *Taschenbucher* —, a partir do que, certamente, teria desenvolvido a capacidade de organizar grandes espetáculos coreográficos de luz e sombra e calor humano que, a cada encenação, causavam na plateia um frêmito de emoção. Pinturas do Prado, sem dúvida, estavam presentes: inspiradoras. Os picadores de Picasso e Botero, também.

Pelo portão esquerdo do pátio, começa o desfile. Como abre-alas, quatro soldados com lanças, esporas e alguns outros adereços metálicos, tilintando com o andar compassado em contraponto à batida seca das lanças no calçamento de pedra. Em seguida, uma carroça aberta — com duas rodas grandes e plangentes, puxada por dois corcéis brancos — com as alegorias humanas. Ladeando o carro, quatro soldados empertigados que, de tempos em tempos, espetam com suas lanças os conduzidos, agarrados a um poste central. A cada leve espetada, um forte gemido; e a indiarada livrando o caminho, encostada nas paredes das casas da rua, grita "Olé!" Atrás da carroça, conduzindo a grande cruz de ouro — equivalente à lança da fé —, vai o Mor, ladeado por seus coadjuvantes, todos de preto, sem qualquer adereço.

O cortejo vira à direita e segue pela Calle Santo Domingo. No primeiro cruzamento, vira outra vez à direita, seguindo então pela Calle Santo Domingo até alcançar a área livre em frente à Sede — onde está armado o grande palco, para o apoteótico final do espetáculo. Bem em frente, sem índios nem negros, ficam a arquibancada para as famílias e os camarotes para as autoridades laicas. Bandeiras da Columbia e de Santa Fé tremulam ao vento, em torno do espaço festivo:

— É bom de Auto da Fé, esse Inquisidor-Mor! — é o comentário que se ouve, de quando em vez, em meio à multidão excitada.

O calor é muito, como sempre. As Damas, com seus belos leques europeus, no afã de afastar as moscas e os negrinhos — que tentam pegar as migalhas de *petit-fours* servidos em salvas de prata; e os Cavalheiros, lenço à testa contra o suor e às bocas, "que elas não nos oiçam", disfarçando, nobremente, os comentários sobre os peitos transbordantes das vendedoras de frutas.

Fora uma semana agitada, tensa, mistérios no ar, num tom de conspiração e terror. A notícia correra célere: — Prenderam D. Ernesto!

Quem, como, por quê? Quando, aonde? Aos poucos, no boca a boca, os fatos se concatenavam, iam se explicando: as informações partiam dos próximos, dos que sabiam, dos que tinham visto, dos que tinham ouvido dizer, dos que não sabiam — mas sabiam que outra coisa não podia ser — e dos prestimosos, que não negavam uma resposta ao que quer que fosse.

A denúncia tinha sido contundente: bruxaria, participação em cerimônias judaizantes, adultério e heresia. Só faltara a sodomia, por cuja recusa o querido D. Ernesto se via agora em situação de vida ou morte. A autora da denúncia, cansada de esperar, acenar, sinalizar disponibilidade, decidira partir para o tudo ou nada e o galante cavalheiro se esquivara de atender aos anseios de tão gentil senhorinha: a flatulência ainda dava para se fingir que não se tinha ouvido, mas o mau hálito e o buço avantajado, nem mesmo sendo filha do Governador e afilhada do Senhor Bispo. A sorte estava selada. Há muito não se via o Inquisidor-Mor sorrir: afinal, era chegada a hora, Deus seja louvado!

Por várias vezes, viu D. Esmerino o prisioneiro sendo arrastado por vultos através da pinguela, para um lado e para o outro. As autoridades laicas, surpreendidas com a pronta aquiescência do acusado quanto à sua culpa, atribuíram o fato ao minucioso interrogatório, e à utilização dos mais modernos métodos de pesquisa científica — trazidos da experiente Europa, com um instrumental específico para as questões suscitadas. Culpado. Condenado. Amém.

O burburinho aumenta e o silêncio, não mais que de repente, se faz presente. A procissão do Auto da Fé adentra a praça. Os espectadores se entreolham, algo está diferente! A carroça é uma caixa fechada, não se vê o condenado; uma questão de segurança — pontifica o Intendente-Mor: há o medo de que a população resgate D. Ernesto na marra, sussurra um jovem para outro, com lágrimas nos olhos.

O cortejo segue até o palco, onde a carroça estaciona. Inovação também na coreografia: o Mor dá meia-volta e retorna, em passos cadenciados, em direção à Sede, enquanto as duas alas de coadjuvantes seguem em frente ladeando o palco, em direção às arquibancadas oficiais. No caminho percorrido, ficam marcadas duas linhas paralelas de cinzas, vertidas pelos coadjuvantes, de caixas de prata que traziam atadas à cintura:

— O caminho das cinzas — comentam uns poucos que as podem ver. — O caminho da redenção, do inferno ao regaço do Senhor — diz uma mais carola.

Nem mesmo os mais fiéis frequentadores daqueles espetáculos, acostumados ao *grand finale* das labaredas no palco, entenderam bem o que aconteceu. Alguns se lembram de que, ao dirigir-se o carrasco à carroça, correram pelas linhas de cinzas duas línguas de fogo até que a atingiram, provocando a maior explosão já presenciada a céu aberto naquela cidade em tempos de paz e levando tudo pelos ares: palco e fogueira armada, incluídos. Ferimentos leves foram democraticamente distribuídos; do susto, tem gente que nunca mais haverá de se refazer:

— Milagre! É o poder divino! Fujam que é o Drake outra vez! Pelo jeito, é o *Sparrow*! Foram necessários cinco dias para a cidade voltar ao normal, contabilizar os prejuízos, recompor os estragos; o Governador, ainda abalado e acamado — o primeiro com gota em tempos de paz —, e a filha, prestimosa ao seu lado, orgulhosa de sua atuação nos negócios públicos de De Las Ninfas: a primeira feminista do Caribe, com buço e tudo, ou por isso mesmo.

O Alto Conselho Governamental do Reino de Nova Granada relatou ao Rei o acontecido, do modo que pôde explicar, ficando consignado em ata o estado irreconhecível do pouco que restou do Carrasco e do condenado — D. Ernesto — por obra da inexplicável explosão havida, bem como o também inexplicável desaparecimento de D. Juan, Bispo de De Las Ninfas Del Caribe e Inquisidor-Mor do Tribunal do Santo Ofício da Inquisição para a América Espanhola.

D. Esmerino, sentado junto às arcadas da praça do Auto da Fé, as roupas um pouco chamuscadas, mascava sua folha de coca com pó de cal: "sabia que meu Xamã não me faltaria" não lhe saía do pensamento. Ele fora um dos poucos — não o único, é verdade — que notara e contava do vulto que vira sair a cavalo, em disparada, pelo portão do pátio da Sede em direção ao Sul.

No pátio, a Negona Dolores, camareira da Sede, abria as portas das celas. Padres saíam, fazendo alongamentos, todos sem batina: "eta noite mal dormida!"

Don Esmerino, balançava a cabeça e confirmava:

— Não vi nem ouvi o meu Xamã; mas ele estava aqui, ora se estava, e me disse:

"No Caribe os tempos se encontram,
não há principio, meio ou fim.
Há coca, há cola, há coca-cola."

No Cerro Lázaro, brilha imponente, agora sob a tremulante Grande Bandeira Nacional, o Castelo de San Felipe. Ando e desço, percorro a rede de túneis escuros e estreitos. Subo e ando, agachado algumas vezes, outras apoiado na pedra fria, cuidado, o teto é baixo, ai! São as entranhas — do poder e dos tempos —, aqui e ali uma cela, um arsenal, um paiol, um posto de vigia: defesa eficaz contra os piratas e corsários dos mares, mas impotente frente aos dos Congressos. Mais à esquerda, se ouve o marulhar. Uma luz se insinua: pode ser o fim do túnel. Olha!

Quatrocentos e setenta e sete anos se passaram desde que El Conquistador fundara a cidade, cento e noventa e oito desde que El Libertador tornara o El Dorado independente. No litoral do Caribe a cidade, banhada pelas tépidas águas de suas duas baías, resplandecia ao sol dos trópicos: *caliente*, sensual, sonora e bailante. Hoje, como fora e sempre, apenas sem o ouro, restrito ao belo Museo del Oro e ao dólar-turismo.

Na Plaza de Bolivar, a densa vegetação e quatro operosos chafarizes amenizam o solzão, em meio à azáfama de índios, negros e brancos — e branquelos d'acima da linha do Equador. Uns Don Esmerinos de pele curtida e rugas profundas, sabedores de tudo o que sempre se passou por aquelas bandas — testemunhas oculares e orais da ehistória —, circulam entre a turistada e os trabalhadores locais, sem muito o que fazer, vendendo suas *artesanias* hodiernas: óculos Danna Karan, Calvin Klein, Chanel e de outras tribos, e muitos CDs, os atuais piratas na região. Fome? Índias vendem frutas multicoloridas em seus balaios equilibrados na cabeça, satisfeito? Dez mil pesos cada foto, ladeando o sorriso e os transbordantes peitos.

Do outro lado da Plaza, entre as duas Calles de Santo Domingo e a de La Inquisición, o Museo de La Inquisición: belo sobrado com um portal de pedra lavrada e duplo avarandado, antigo Palacio de La Inquisición — Don Esmerino bem sabia contar a história dos quase oitocentos condenados que por lá passaram, a caminho da Plaza do Auto da Fé, sim, esta aqui, de onde vos falo, *mi señores e mi señoras, hoy de Bolivar, El Libertador.*

O Parkinson do guia da vez não impede a cascata de conhecimentos que dele jorra ininterruptamente, em roteiro bem definido e dirigido: por aqui, por aí não, por favor. Curioso, o museu do que seria se assim tivesse sido, com o assustador ferramental que aqui não havia chegado; diligentemente, a sala ilustra todos os métodos utilizados — nenhum aqui —, com os terríveis instrumentos que por aqui não apareceram: até uma guilhotina, com o Dr. Guillotin perdendo a cabeça, está presente entre a construção e o pátio magnífico, com grossos muros de alvenaria, as duas fontes e uma esplendorosa árvore, cuja copa sombreia o vazio entre as construções, deixando filtrar por entre suas ramagens raios fugidios de sol, um ambiente de raro esplendor.

Com o tempo, o poder pelo temor se foi perdendo, e o poder pelo mistério também, até chegar à Plaza Santo Domingo onde, em frente ao convento de Santo Domingo, repousa, lasciva e sensual, a Gertrude — mais uma gordinha de Botero, com seios e nádegas já descorados e ultrapolidos, pela sempre e mesma originalidade das fotos de todos os turistas que adentram a praça, se esquivando do batalhão de vendedores de mini-Gertrudes. Nas lojas de *artesanias*, quadros conhecidos de Botero com a inscrição "Homenagem a Botero", para não deixar dúvidas quanto ao fato de não serem nem um original, nem uma falsificação; nem uma homenagem...

Anoitece e a aglomeração em frente à Igreja prenuncia um evento importante, na cidade e naquela data. A iluminação estudada e a decoração floral, colorida, fazem um fundo barroco e apropriado à admiração dos passantes, cada vez mais ficantes — atraídos pela carruagem aberta, puxada por um belo corcel branco, ladeado por padrinhos e convidados do noivo; vestem, todos, calças brancas e *guayaberas* — deliciosas camisas brancas, típicas do local e de Gabriel Garcia Marques; como a ocasião é festiva, têm mangas compridas; nas lojas, 40 mil pesos cada, na do estilista de Gabo (com direito a foto comprobatória), 400 mil pesos.

Os padrinhos do noivo tentam acalmar o cavalo, que está irrequieto, dando-lhe algo para comer, em meio a risadas e chistes. O noivo — informa alguém, mais inteirado da crônica social da cidade — é D. Ernesto, herdeiro de poderosa e tradicional família de origem espanhola, nobre fino e educado, querido e conhecido por sua disposição indomável de defender as moçoilas, na vertical, e atacá-las, na horizontal, com sucesso de público e de crítica.

Lindas, alegres e esfuziantes, as madrinhas riem, trocam olhares com os padrinhos e se apressam em ajudar a noiva a subir na carruagem, já difícil de se manter parada; o cocheiro estala o chicote, os rapazes dão mais guloseimas ao corcel entre olhares cúmplices e a noiva nervosa — um pouco desequilibrada, já começa a desmontar o figurino branco, puro e farfalhante.

No canto, junto à pilastra do portal principal, só uma madrinha, a mais linda, alta e loura, se mantém quieta, olha tudo com um ar confiante. É preciso ter calma, tudo vai dar certo.

Não mais que de repente, o cavalo dispara, espalhando saliva pela boca e outras coisas, muitas outras coisas, pelo outro extremo, arrastando a noiva aos gritos, desequilibrada na carruagem; os padrinhos correm atrás, rindo muito — o que ninguém entende —, e as madrinhas também, com exceção das que caíram de susto e atropelos, misturadas aos gritos de olé dos tantos espectadores de tão pirotécnico espetáculo: os garotos encarregados de soltar os fogos, ao ver o movimento repentino e vibrante, entenderam que era a hora de acender os pavios.

Barroco e mágico, o arrastão de alegria vai arrebanhando transeuntes pelo caminho, um grupo de músicos típicos e os turistas, só se dissolvendo lá pela Plaza de San Diego, onde, entre *artesanias* e restaurantes da melhor qualidade, corre a vida tranquila e alegre, sonora e bailante, o ritmo de De Las Indias Del Caribe.

D. Esmerino fora um dos poucos — não o único, é verdade — que notara e contava do vulto vestido de branco, *guayabera* de mangas compridas, que vira sair a galope montando um corcel negro, com uma índia loura na garupa, em direção ao porto.

Foram necessários cinco dias para o assunto arrefecer nas conversas dos bares, na sociedade e nas colunas dos periódicos locais. Um rumor — que D. Esmerino afirmava, lhe havia sido transmitido por seu Xamã — dava conta da presença de D. Ernesto lá pelas bandas das Islas Del Rosário, vivendo com sua amada como caiçara, *que Diós los tenga.*

Os turistas seguiam em seus esforços para apreender — e aprender — o espírito local, a simpatia do povo, sua tranquilidade e alegria: ótimos restaurantes, comidas do mar, musicalidade ao vivo, curiosos conjuntos típicos — já entrados em anos, mas ainda animados, todos os cantores com o mesmo timbre de voz e um CD para vender... sol, salsa, merengue e rumba: *Los Veteranos Del Ritmo.*

O casal quer mais: mais um dia, meu bem! Resistir, quem há de? Vamos a uma agência de turismo, deve ser fácil, mas, não, não é. Só existem duas: a primeira só trata do assunto se o pagamento for em dinheiro. Cartão de crédito? Custa quase o dobro. Nem pensar. Entram na segunda, na esquina seguinte.

A atendente, sentada atrás do balcão da minúscula loja, leva certo tempo para perceber a presença de clientes. Lentamente, vira o rosto, os olhinhos brilham, as pálpebras piscam seus cílios postiços, os lábios balbuciam: — *Sí?*

O casal se explica, pergunta, levanta hipóteses e dúvidas. Ela olha. E olha mais.

— *Entonces?* — perguntam. Ah, não, hoje estou com muito trabalho, não posso atender vocês. Não dá pra fazer mais nada. Só amanhã. O casal se entreolha. Através do vidro da janela do mezanino, veem um velho de óculos que faz contas e mais contas: é dele o negócio, e é preciso faturar, a crise está aí. Sem combinar nada entre si, o casal sai ao mesmo tempo. É, não deu. Fica pra outra vez.

Envolvida e protegida, na História e em histórias, pelas grossas muralhas e seus baluartes, e a Leste, de fora, pelo Castelo de San Felipe de Barajas — de onde se vê as águas de suas duas baías, o mar aberto e Bocagrande — a modernidade —, a velha cidade segue sem destino o seu destino. Um índio toca um trompete deplorável — o instrumento e o som — e invectiva contra os turistas, que não lhe dedicam nem mil *pesitos* em reconhecimento à sua arte. No horizonte, o sol começa a se retirar.

D. Esmerino, sentado nos degraus da igreja de San Pedro Claver , o santo protetor dos negros e escravos , descansa. O dia foi pesado, o dia foi de bolsas típicas de Louis Vuitton. Entre uma puxada e outra de seu Cohiba, entesoura na mente o seu Xamã: o tumulto é grande, tanta gente em volta, já não o podia ver, nem ouvir, mas ele estava ali, ora se estava. E disse:

"No Caribe os tempos não passam,
permanecem, unos e se unem.
Há coca, há rum, há Cancun."

MUDANÇA

Nada pior. Uma trabalheira só, seja lá o tipo de mudança a que as circunstâncias nos obrigam: de casa, de escola das crianças, de médico, de pasta de dentes, de cônjuge... Dá sempre uma ponta de arrependimento por ter começado. Muitas vezes, por ter completado.

De cônjuge, por exemplo: há um vasto período desgastante de "finge que tá tudo bem, vai passar, não, não há nada, é uma fase", e despesas enormes com analista, até chegar aos finalmentes, depois de discutir a relação — que quando precisa ser discutida, é porque já solou, passou do ponto. A única vantagem é a esperança de que, na próxima chance, não se terá mais um cônjuge, mas alguém como o cônjuge era antes de virar cônjuge: ledo engano, sempre vira novamente. Ninguém escapa, todas querem casar: negar é somente uma retórica de conquista.

E de casa: até que se defina — essa não dá, essa não quero, tá fora das minhas possibilidades —, uma troca de alfinetadas, de indiretas, de acusações e culpas pelos feitos e pelos não feitos, mas que deveriam ter sido, que nem o marido de fulana, esse sim é que é, mas, também... ele tem uma mulher que eu não tenho: atrás de todo homem sempre tem uma grande mulher, que o apoia, o empurra. Com você, não fico à beira de nenhuma altura, dispenso o apoio. E ainda o transporte de tudo que se tem e do monte de inutilidades que se guardou para um dia, sabe-se lá, pode-se precisar: dia que nunca vai chegar; ficam só as risadas veladas dos vizinhos e a vergonha estampada nas faces, sob a gozação dos adolescentes inconvenientes, próprios e circunstantes. Os homens do transporte nem se tocam, são imunes ao festival de tralhas que se repete, sem chances de melhorar um dia.

Pronto. Chega um momento em que o show se encerra com o correr das cortinas; o resto a gente arruma com o tempo, bola pra frente: um otimismo e boa vontade que, como dizem os fatalistas, seriam cômicos se não fossem trágicos:

— Vamos viver a nossa vida, melhor não ter intimidade com os vizinhos, só bom-dia, boa-noite, cada um na sua — uma fórmula que funciona para a vida em comunidade. — Graças a Deus, somos uma família, e nem precisamos dos palpites da tua mãe para arrumar isto aqui. Falar nisso, ela disse que vem às quatro para ajudar. Tá, mas diz pra ela que Marguerita eu não gosto; e Fanta Uva, pelo amor de Deus...

Na segunda semana, nova empreitada começa: a procura de nosso bar favorito. Sim, porque há que se ter um, e também, perscrutar: quem sabe novos amigos, locais.

— Sempre é necessário fazer novos amigos, é assim que a gente vence na vida, conhecimento, a chave é conhecimento, meu bem! E saem os dois, se ela é companheira, ou, se não faz bem o gênero, é bom ir assim mesmo: assuntar o terreiro, considerar os perigos e a disponibilidade para a caça e pesca... Afinal, é meu e ninguém tasca... enquanto durar.

Assim, em pouco tempo, já se está locais; temos o bar, uma turma boa, alegria e descontração, muito chope e uma boa pizza — massa fina e bem passada, calabresa, é claro... Aos poucos, os tipos assíduos se tornam conhecidos, cumprimentados; os curiosos, ignorados; e os pitorescos, deixa prá lá, eles têm seus motivos: cada um na sua.

Um desses logo chamou minha atenção, curiosidade de recém-chegado: um velho tipo de velho dos velhos tempos, com resquícios de riponga, dos anos 60. Todo domingo, sentava-se do lado de fora de um restaurante, pedia um gim tônica e ficava tocando seu violão, os cabelos caindo sobre os ombros, brancos e escorridos, mas mal tratados — sinais de decadência a camisa e a calça, sujas, assim como os pés, nas deformadas havaianas.

Tocava, acompanhando-se em canções ininteligíveis; às vezes, somente dedilhava, mas sempre com um intenso movimento do corpo: para frente, três quartos, meneando a cabeça, sorrindo para uns, para outras, como se lhes dedicasse a cantoria. Cheguei perto, no início, para escutar melhor, imaginando quem seria aquele seresteiro, por simples curiosidade. Cantava muito baixo, e muito mal; tocava e cantava tão mal quanto. Me sorriu, um sorriso largo de artista reconhecido e nem era com ele: continuou, nada interferia em sua inspiração.

O cabelo balançava no ritmo — se considerarmos que aquilo era ritmo —, e num movimento mais brusco, deu para ver uma grande marca de afundamento em sua testa. Sem querer interromper, nem aumentar a proximidade — tem tipos que grudam, e aí é brabo! —, voltei para a minha mesa.

— Cara estranho, cara! É um entusiasmo só, dedicação, mas é muito ruim... Alguém conhece? Detalhes? Quem é o seresteiro?

— Ih, é das antigas.

Tem sempre alguém que conhece, presenciou ou lhe contaram e é sempre interessante. Desta vez, o autor da versão era Mario Bocaçuja (com cedilha, fazia questão: lhe haviam dito que trazia bons fluidos, questão de numerologia, uma ciência. Mas com letras?; deixa pra lá, vamos ao que interessa):

— Ernani, mais uma rodada, sem colarinho. O cara era bom pra caralho no violão, lá pros anos sessenta. Era apaixonado, e correspondido, por uma menina linda, a Marieta, que morava ali no sobrado, no número 7. A gente se dava muito bem. Todo sábado e domingo, às dez, ele fazia uma serenata pra ela. Tocava bem e cantava mais ainda. Os velhos dela eram do tipo durão, dez horas em casa, amanhã tem faculdade. Mas gostavam do seresteiro, que era realmente gente boa, meio hippie chique, mas gente fina. Todo mundo aqui apostava pra quando seria o casório.

Marieta ficava na janela, sorrindo de orelha a orelha, e os pais atrás da janela fechada do térreo, só escutando. Tava aprovado, nada contra. Só se ouvira uma restrição, pela mãe, todo sábado e domingo.

— Já entendi, a partir daí não houve casório, eles se mudaram e o seresteiro perdeu o rumo e o juízo, acertei?

— Porra nenhuma, tás mais por fora que saco de velho em sunga de náilon! De fato, a restrição da velha tinha tudo a ver com o desfecho daquele caso de amor.

— Mas então fala logo, qual a restrição fatídica da velha? Quê que ela dizia toda vez?

— Minha filha, esse vaso no peitoril ainda vai dar merda...

No Jardim da Luz

A tarde, indiscutivelmente, era bela; se existe um Criador — onipresente e onitudo, como se alardeia por aí —, desta ele poderia se orgulhar. Os verdes, rasteiros, arbustivos e arbóreos, resplandeciam iluminados, aqui e acolá, por um sol que se esgueirava pelas fendas que a poluição, distraída, lhes permitia. O Jardim da Luz aconchegava os transeuntes que, mesmo os que adentravam céleres, flanavam por suas alamedas, que a isso convidavam. Pelos bancos, onde babás se descuidavam de seus lourinhos assépticos, deixavam-se ficar os leitores de jornais e os que, diligentemente, assistiam à passagem do tempo. Aqui e ali, os sem-teto, os sem-emprego, os sem o que fazer. Para todos e tudo, a tarde era calorosa.

No bistrô da Pinacoteca debruçado sobre a Luz, sob os ombrelones das mesas externas, o casalzinho se esfregava languidamente; álacres senhorinhas, de seios fartos, bem-vestidas fora de moda, atracadas a bolsas, pastas e sacolas, balançavam o indefectível crachá, orgulhosamente pendurado no pescoço — vindas de um seminário, um simpósio ou, mais em voga, uma palestra motivacional proferida por algum mago da autoajuda, detentor do Segredo, do "querer é poder", tiravam fotos, muitas fotos, *cheese!*, com suas maquinetas digitais; e outros, e por entre todos, os garçons automáticos que iam e vinham com seus pedidos, sempre demorados, alguns deles trocados. Uma típica tarde urbana, pra paulista nenhum botar defeito: nem mesmo os cariocas, com todo o preconceito de curtição — mais de farra, tal qual com os argentinos; afinal, ambos para o Rio são gringos...

Parecia ter saído das telas de um Kurosawa. Silenciosamente, vagarosamente, surgido e percebido sem início nem fim, vinha andando concentrado: velho, cabelos e barbicha muito compridos, bem grisalhos e amarrados com uma fita, quase um rabo de cavalo, e uma gravata. Um velho mandarim?! Certamente, não: pela roupa mais do que simples, a calça cinza disforme e camisa social branca, ou que deveria um dia ter sido branca e social. Seguia olhando fixamente para o chão à sua frente, o corpo vergado para diante, indicando, pela acentuada dobra na região de sua cintura, que sua coluna já não sustentava nada, a não ser a mochila surrada que trazia equilibrada às costas.

Também do nada, para os que ali se encontravam, surgiu e plantou-se à frente do velho um jovem. Mediocremente vestido, barba por fazer, não demonstrava riqueza ou pobreza, apenas desleixo. Impedia-lhe a passagem. Com exceção do casalzinho, chamou a atenção de todos; deu até para se ouvir algo como uma ameaça, um sussurrar de "passa pra cá o dinheiro e a mochila, mano!"

O velho mandarim quase atropela o obstáculo surgido. Para, levanta a cabeça, os olhos mais puxados ainda e, com uma destreza própria de um guerreiro, dá um passo atrás e se apruma completamente, a coluna em ação, bons tempos, outra vez! Puro instinto.

O assaltante se assusta. Não esperava, nem desejava, certamente, tal ou qualquer outra reação; e muito menos a plateia ao lado. O mandarim, em movimentos titubeantes, mas coreográficos, vai assumindo a posição do gafanhoto ou similar — de acordo com a memória dos que acompanhavam a série Kung-Fu, um sucesso televisivo dos anos 70: o braço esquerdo estendido, o punho dobrado, a mão espalmada para cima; o braço direito em ângulo, a mão, qual garra, recolhida. Olha diretamente para o contendor, a perna direita dobrada, elevada, com a sola do sapato à mostra, enquanto a esquerda faz base e planta o pé firmemente no solo. Ou assim pretendera, pois, fosse pela prática há muito abandonada, fosse pela idade ou, mesmo, pelo peso da mochila, a base começou a tremer; ainda pretendeu um brado de guerra, mas não o completou, nem sustentou a posição, caindo para trás, sentado, já sem pose ou dignidade marcial.

Ante tal cena, o assaltante reagiu de modo inesperado e inadequado a seus propósitos iniciais: teve um ataque de riso, um gargalhar irrefreável, que contagiou os circunstantes; o que o manteve no local, indefeso devido à distração, pelo tempo necessário para que dois guardas, atraídos para a cena pelo brado marcial, acudissem o mandarim e agarrassem o assaltante, que a essa altura nem à prisão reagia. Foi conduzido, ainda às gargalhadas, para um posto policial do outro lado da praça.

O velho guerreiro oriental custou a levantar-se e também a se recompor. Os fregueses do bistrô, cada um à sua maneira, fingiram não ter visto nada; nada acontecera, era o melhor para a dignidade ferida. O mandarim retomou seu caminho, novamente curvado, mais dobrado ainda. Silenciosamente. Vagarosamente. Os comes e bebes retomaram seus ritmos.

No Jardim da Luz, um friozinho paulistano começava a dar o ar de sua graça. Comentários afirmavam que as artes marciais do Oriente seguiam firmes, eficientes; cada qual à sua maneira. Não importa como. A coisa funciona.

Honorina Fashion Show

E ra um evento — o evento! — que mobilizava, durante uma semana, fora o tempo de preparativos e desmontagens, o universo fashion: o mundinho da moda das duas maiores metrópoles do país, com a participação excitada das grifes, dos estilistas e manequins com penetração nos mercados nacional e internacional, no bom sentido, é claro. E muito falar estrangeiro, quiçá alienígena, para desespero e protestos dos puristas e nacionalistas que não descolavam um convite.

Nos jornais, boutiques, shoppings e *maisons*, no local do evento, entre os patrocinadores, *sponsors*, decoradores, arquitetos e agencias de modelos, era o único assunto. Um frenesi tomava conta da cidade e do noticiário, tudo por conta da Fashion Week. A bajulação, as súplicas e ofertas ecoavam em torno dos inseridos, em busca do inatingível — para os simples mortais, estudantes de moda e candidatas a manequins ainda por descobrir: o convite grátis; para garanhões midiáticos e garotas de programa, um passaporte para grandes oportunidades. E todos *fashion*, melhor dizendo, autodenominados *fashion*, seja lá o que isso queira definir.

Hermeto Augusto, o Mémé, vinha conquistando, com muita dedicação e afinco, seu espaço nessa selva alegre e frenética. Esbelto, de pele alvíssima, cabelos espetados e amparados por muito gel — de Paris, doidivanas, de Paris!, frisava sempre —, *never*, mas *never* mesmo, vestindo algo que não fosse na cor preta, com muitos adereços e aplicações em prata — plástico cromado da Casa Turuna, segundo os invejosos — e a inseparável echarpe de seda *pink* — Prada, minha santa! —, sua marca registrada, esfuziante em qualquer entrada triunfal, em vernissages e desfiles, brilhante, delicado, maneiroso, a voz suave, sensual e trilíngue, era detratado, pelos unilíngues recalcados: uma Priscila, aquela do deserto.

Imune à maledicência, trabalhador e organizado, seguia em frente; sua marca — a Mémé's —, já começava a interessar aos setores exportadores e importadores, e seu sonho era Londres, Paris, Nova York — para os iniciados, o tradicional "circuito Elizabeth Arden" — e depois, o mundo, ou como fazia questão de sublinhar, o resto dele.

Hermeto Augusto estava apostando tudo nesta edição da Fashion Week. Sua sensibilidade dizia que a hora era essa, era agora ou nunca; entre uma e outra baforada da boa, entre colegas e colaboradores, desafiava, a si e a todos, com muita ênfase: ou meu desfile excede ou me rasgo todo! — ou toda!, quando não era da boa. Tema e coleção teriam que bombar! A seleção do *supporting cast*, sem restrições econômicas, se impunha. Nada menos que *the best*!

O tema do desfile e coleção era assaz original: "Naturalidade da floresta antinatural", um achado filosófico-metafísico. O cenário tinha sido encomendado à maior especialista, conhecidíssima por despertar nos espectadores uma enorme curiosidade quanto à razão da exposição, inserida no cenário de soluções geniais e indecifráveis. Quase nunca descobriam.

E a música, ah!, a música! Era preciso botar o astral pro alto, elevar a percepção sensorial, a nível de órbita psico-exponencial! Mémé conhecia o único músico capaz de criar a viagem que sua passarela comportaria, um mix de *fusion down-beat* com axé-*blue*, interagindo com o *reggae* primitivo em inserções sistêmicas de percussão e da tradição oral dos folguedos do semiárido nordestino; era o que Chico Brou pesquisava há muito e que se enquadraria, perfeitamente, no espírito da noite, com a banda eclética de Chico e na voz da melhor perereca baiana — porque saltitante — das paradas de sucessos.

Para criar a luz, chamou o mais requisitado iluminador de espetáculos teatrais, que deveria reforçar, do azul mórbido ao fúcsia esplendor, o muito gelo seco, uma sutil alusão e uma firme tomada de posição política — afinal, um estilista *engagé* — em relação às queimadas na Amazônia; e, sobretudo, ressaltar o teto que cobria todo o espaço do evento com uma vasta floresta de galhos secos e preservados, inspirada nas pernas e braços das manequins, *por supuesto*, uma concepção mais para psicoestética do que para ecodecorativa, criação da *flower-designer* queridinha de 11 entre as 10 mais badaladas decoradoras — de ambos os sexos —, da alegre Cidade Maravilhosa.

A dramaticidade e a interação com a natureza, natural e natureba, seria proporcionada pelo vento, o que vem e vai, o que leva e traz; para tanto, o carnavalesco que coordenava o desfile propôs e exigiu ventiladores aparentes, cromados e potentes, estrategicamente colocados em toda a lateral da passarela, direcionados em ângulo de 45° para o teto: há que esvoaçar, *il faut*, justificava o Mestre de Cerimônias Reginaldo Alfredo, o Regi — ex-estilista que não se firmara em seu tempo e hoje era o mecenas, empresário e protetor de Hermeto Augusto, a quem tratava por Mémés, o Grande, um ectoplasma de Ramsés, o do Egito, também grande e faraônico. A apresentação exalaria fino gosto, cultura, correção política e charme; muito, mas muito charme, mesmo!

Com uma hora de atraso — Regi detestava pontualidade, uma pobreza! —, as luzes se apagaram; sentiu-se um frisson percorrer a plateia quando um canhão de luz verde-cítrico iluminou a banda, os Retrovisores do Futuro, que atacou com os acordes iniciais, logo reconhecidos, de seu mais recente sucesso, presente em todos os iPods da cidade: "*Inside-out the open box without faces*" — cinco rapazes branquicéfalos, vestidos de roxo e correntes douradas, com a exceção do baterista, de bermuda e boné com a aba para trás: guitarra, baixo, sax e vocal, e mais, cara, que máximo!, máximo é o baterista, um gato!, *very, very cult*, uma harpa dourada e um piano de cauda azul-miosótis, tocados, mas não escutados, embora assaz notados.

As cortinas se abriram e as modelos deram início ao tão esperado clímax da noite, cada uma com um modelito mais extravagante que o anterior, uma cavalgada das valquírias — todas trotando, como a top-model internacional do momento — ohs!, ahs!, assovios, aplausos, rodopios — sem sorrisos, que a coisa é séria —, o olhar dirigido para um ponto no infinito, lábios com muito brilho, entreabertos, a expressão dominadora, do tipo poderosa toupeira; e magras, coitadinhas, muito magras mesmo: certamente por falta de tempo para comer; que possuíam bunda só se depreendia pelo fato de que, em algum momento anatômico, as pernas teriam que acabar.

Findo o entra e sai, pétalas de rosas caindo do teto e perfume Rain Forest espargido por toda a plateia, fechou-se a cortina e abriu-se o silencio e a excitação, o que vem por aí? Diz-tu-direi-eus, comentários sussurrados, inquietação, era o *grand finale* que se avizinhava; "apoteose, teu nome é Mémé! Sabem o que mais, Hermeto Augusto é demais! Hum, meio triscando o cafona, não achou, não? Por que *no te callas*!," diziam outros e um mais inserido politicamente...

Acordes beethovenianos, luz estroboscópica, chuva de confete prateada, e as cortinas abrem-se novamente: das profundezas do Olimpo — já que, segundo o carnavalesco, o cume era reservado para deuses menores, os gregos — surgem Hermeto Augusto — Mémés, o Grande — e suas manecas, todos sorrindo que agora já pode, aplaudindo e sendo aplaudidas. Neste momento *superb* do desfile, Reginaldo Alfredo ligou os ventiladores a toda força. Confetes, pétalas, intensamente iluminados, voaram desordenadamente pelo salão para o alto e — *surreal touch* —, as manequins também:

— Ai, glória, esse Hermeto Augusto é o seguinte! Anoréxicas, desequilibradas nos saltos plataforma, são projetadas para todos os lados e para o alto; algumas — com um pouco mais de busto — conseguiram cair no colo dos convidados, nas primeiras filas; as demais seguiram flutuando, num vem e vai, tais quais doiradas folhas outonais; e outras ainda, com os braços e pernas enganchados na riqueza formal do teto amazônico-semiárido, penduradas, aos gritos e lágrimas. O público vibrava, assoviava, aplaudia, gente caída, com manequins por cima e por baixo, roupas em desalinho, revoltas e chiliques: a apoteose que Hermeto Augusto e Reginaldo Alfredo almejavam!

Bem. Mais ou menos. Ninguém, mas ninguém mesmo, teria sido capaz de imaginar tanto; ficaria para a história da Fashion Week desta cidade, talvez, quem sabe, do mundo: — Depois d'hoje, o *fashion world* nunca mais será o mesmo!

Regi, com os olhos esbugalhados, caíra na real: bem que o engenheiro dissera que eram potentes demais aqueles ventiladores, "mas eu só sei pensar no máximo, *darling*!" Sentada no chão no meio da passarela, Honorina, velha afrodescendente, as carnes mais do que fartas, eterna babá e guarda-costas de seu eterno Mémé, às gargalhadas, amparava o seu neném que, caído em seu regaço, tentava se enforcar com a echarpe *pink* Prada — que revelou-se nem Prada ser, rasgando-se ao primeiro laço fatal intentado.

O público tentava se recompor. As manequins procuravam seus sapatos e perucas; as pendentes do teto clamavam por ajuda: gritavam os paulistas — pula, pula! — e os baianos — projete-se, minha deusa, que eu te amparo; e Mémé se contorcia, espumava; Honorina, mesmo forte como era, tinha dificuldade em acalmá-lo, ainda mais rindo daquele jeito, não conseguia parar. Procurando Reginaldo Alfredo com os olhos esgazeados e soltando punhaizinhos mis, pronto para o crime, Hermeto Augusto não se continha. Perdia a classe, babava e, sem sinal nenhum da voz sensual e sedosa que era de seu feitio, bradava:

— Decadente, recalcada, bicha velha!!!

Há quem diga que, pragmaticamente falando, tenha sido um preciosismo exagerado a decepção de Mémé, de Regi, dos manequins e clientes; a imprensa, como sempre — é o que se diz —, se aproveitou: só procurou o lado negativo das coisas. Afinal, fora ou não O Evento? Nenhum, ninguém, por muito tempo, haveria de ser mais falado, malhado, comentado, endeusado! Vá-se entender como reage a alma humana ante o imprevisto, o inusitado!

Quanto à Maison Hermeto Augusto, fechou suas portas. De-fi-ni-ti-va-men-te!! Reginaldo Alfredo mudou de ramo: abriu uma sauna onde recebe os clientes com a velha classe, que isso não se esquece, vestindo fraque e piteira. Mémé, não: continua estilista, desenhando, na hora, a pedidos, modelitos para os tecidos que as freguesas compram nas Lojas Matilde, um magazine tradicional do Encantado com o melhor sortimento de mercadoria de fina estampa das redondezas, a linha 2 do Metrô. Continua um sucesso entre as freguesas, maneiroso, simpático e — um toque pitoresco — com um pedaço de seda cor de rosa à guisa de lenço-echarpe, caindo do bolso do blusão preto.

A única exigência de Hermeto Augusto para aceitar o emprego foi que contratassem sua assistente Honorina, simpaticona preta gorda que, ninguém entende por que, ri sem parar o tempo todo, mas não incomoda ninguém.

SOBRE ARTES. ALGUMAS.

Foi no tempo em que arte, se fazia e curtia. Havia a obra, o autor e os apreciadores, todos amantes de arte. Além das crianças, que viviam a fazer arte, como então se dizia, sob a implacável recriminação dos pais e irmãos mais velhos. Hoje, não se fazem mais artes como antigamente. Nenhuma delas: chavão, mas verdade. O que se tem, hoje, nos quinze minutos de cada artista? Pesquisa. Instalações. Performáticas, vislumbradas em galerias, marcantes devido aos *globais* presentes, com ares de entendidos — no mais amplo sentido —, e pela qualidade dos coquetéis servidos, com garçons fortes — *fashion*, de preto e gel nos cabelos, um luuuxo!: a boca livre, essencial para o sucesso de público.

E pronto. No dia seguinte, além da ressaca, a assessoria de imprensa é o único eco; isso, quando chega a ecoar. A crítica de arte não mais existe, nem importa . Ah, sim, ia me esquecendo: a obra exposta, que não carece de atenção — deixa para o marketing que eles são pagos para isso.

Por que, facilmente, se expõem as chamadas "pesquisas", de cujos resultados nunca se terá notícia? Os *Codice* de Leonardo também são pesquisas, e o resultado sorri, enigmaticamente, dos hodiernos. Por que nenhum expert, ou amante, adquire uma

Instalação para o seu mundinho? Pra quê? Pra viver lado a lado com um não sei que, e ainda pagar por isso? Quem há de, senão os museus, através de *marchands* influentes e por motivações midiáticas?

E nem se fale da verdadeira ginástica que se há de fazer, com as artes literárias, para a criação de um texto que justifique o cenário... Quanto mais *nonsense*, mais *cult*. E se a obra conti-ver insetos e vermes — vivos! — melhor ainda; e o artista um bom estomago, é a glória! Uma *performance* transcendental — a inserção do belo na repulsividade kierkegaardiana do urbano midiático, simples e contextual. Representará o país na próxima Bienal de qualquer lugar que tenha uma Bienal, com direito a passagens, diárias e boca-livre internacional. Quem disse que arte não é uma boa?

Pode parecer que o dito, até aqui, seja um desabafo de alguém que perdeu o trem da História com destino ao marketing, e que some facilmente no tempo e no espaço. É, pode parecer. Melhor dizendo, é; e em assim sendo, mais aliviados, percebemos que nada tem a ver com os fatos e feitos de que se vai tratar. Voltemos pois ao ponto de partida, num tempo em que, arte, se fazia; e curtia.

Por ter tido todas as *inside informations* (som muito em voga no falar contemporâneo) do desenrolar dos fatos — pura especulação, sem fundamento teórico ou prático nas artes sigmundianas; mas se todo mundo dá seu palpite, por que não eu? — poder-se-ia dizer que é possível remontar a tal acontecido boa parte da fôrma que haveria de moldar as idiossincrasias existenciais de um ex-futuro casal: ele, por ter sido condenado, inapelavelmente, e dispensado por ela, não foi mais capaz de ter simpatia ou confiança em quem quer que fosse da área do Direito; ela, julgando-se desconsiderada e agredida por quem se dizia, com um sorriso nos lábios, amante das letras e das artes e inimigo da violência, mas era capaz de perder uma amiga mas não perder a piada, destinou-se à punição generalizada — dos homens, em particular —, tornando-se qualificada Promotora de Justiça.

O principio do fim começou sutilmente em outro trem. Desta vez, um de verdade, não o da História, se bem que histórico. Naquele tempo, as artes ferroviárias haviam engendrado um sistema de cremalheira, em meio aos trilhos, para tornar possível, sem perigo ou risco iminente, a subida da composição que ligava o Rio de Janeiro a Teresópolis. Na raiz da serra o sistema era acionado, o que demandava certo tempo de espera e certa certeza quanto ao atraso no horário de chegada à Estação do Alto, na então aprazível cidade serrana, onde os dois tinham casa e se conheceram.

Os dois, não: os pais dos dois, já que eram adolescentes, na flor da idade, da saúde e dos romances. Passavam ali as férias escolares, os pais no Rio; eventualmente era preciso descer, para algum compromisso, em geral médico ou burocrático, tipo a matrícula ou prova de 2ª época na escola; fora isso, eram passeios, subidas aos pontos turísticos — Pedra do Sino, Verruga do Frade, o Parque da Serra dos Órgãos e o que mais se inventasse. Vários grupos e casais de adolescentes se formavam em todos os verões; iam se aproximando e se conhecendo, não biblicamente, pois naquela época, nem pensar: era só casando, e ponto final!

Havia muita afinidade entre aqueles dois: gostos, conversas, gentileza e respeito. Um possível futuro, assim pensavam os pais, já procurando informações sobre passados, presentes e perspectivas: afinal, há que pensar-se em tudo, que a vida não é um mar de rosas, minha jovem!

Eis que ela teve que descer por uns dias: poucos, mas suficientes para que se instalasse, nos dois, certa ansiedade em relação ao reencontro. Ele aproveitava o átimo de liberdade e se reunia à noite, só com os amigos homens, na sinuca do Bar e Bilhares Esplendor da Serra, homens, fazendo coisas de homem, ufa!, férias, enfim. Bebiam Cuba-Libre, o máximo permitido na época, bem, mais ou menos: Rum Bacardi, Carta Oro e Coca-Cola, eta ferro, ninguém me segura! No terceiro, já perigava rasgar o pano da mesa com um espirro do taco, então: muito giz na ponta do equipamento e avental — de macho! — pra não sujar a roupa. Uma noitada completa.

E afinal, a volta, hoje à noite, chegada prevista para as 21 horas. Há que buscá-la, sem dúvida, mas ainda dá para umas duas partidas, vamos lá, pessoal! Jogadas e tempo passando, estava beleza, quando se ouviu o apito do trem, ih, caceta!, segura aí o meu taco que fiquei de estar lá. E chispa pela noite teresopolitana, ainda dá tempo, a estação é perto! Em lá chegando, ofegante, a vê na plataforma, esperando, tão pontual, elegante e gentil, como sempre.

— Oi, tudo legal? Boa viagem? Desculpe, mas é que tive um probleminha lá em casa, tive que consertar o chuveiro e acabei perdendo a hora. Você está linda! Resolveu tudo lá no Rio?

— Resolvi. E você, consertou tudo? Não deu nem pra tirar o avental sujo de giz, né? Serve para que, giz em hidráulica?

— Vamos lá, deixa eu pegar a tua mala, deves estar cansada, não? — Era o melhor a fazer, a mala numa mão e o avental amassado na outra, não falar nada, não alimentar a discórdia. O certo seria deixá-la em casa e dar tempo ao tempo. Aliás, em matéria de tempo, ainda deve dar para terminar a partida, pensou. Os homens são todos iguais, já naquela hora ela deve ter começado a fixar no pensamento...

Passadas vinte e quatro horas, não mais que tanto naquela fase rósea, já estava tudo bem novamente; pelo menos assim aparentava, já que é bem feminil perdoar as faltas de outrem; perdoar sim; esquecer, jamais. Não se pode abrir mão de munição para futuras batalhas.

Haviam combinado na véspera, e o dia amanhecera esplendoroso. Meio friozinho, próprio para um charme, botinha, uma echarpe, coisas do gênero. Um sol acolhedor, brilhando em céu azul, limpo, limpo, *very european!*

— Às nove passo pra te pegar!

E lá se foram em direção ao Morro do Alemão, colina verdejante de onde, ao longe, se avistava a cidade. Ela levara — ele carregava — sua maleta e cavalete de pintura; seria um dia de paisagens bucólicas, ele carregando ainda um grande livro sob o braço, do jeito que dava, escorregando pelo peso do equipamento da artista. Prometera lhe falar sobre o francês Seurat e o pontilhismo, e sobre Gainsborough, o mestre das paisagens inglesas. Prometia... uma manhã suave e fértil, para corações e mentes. Fizera bem em perdoá-lo, pensava ela, afinal, somente nisso não diferia dos outros. É da raça.

E de fato viram que era bom. Ao longe, um ou outro som urbano, abafado pela distância e pelo cantar dos pássaros que, de quando em vez, se distribuíam pelo relvado onde ele se deitava, a cabeça apoiada em um dos braços, lendo em voz alta trechos do livro que trouxera e imaginando os perigos de um futuro que ali se delineava. Nada mal: pausavam as atividades, um olhar mais terno, uma troca de sorrisos, olhares pretensamente misteriosos e significativos, ouviam prazerosamente o silêncio: deve ter sido assim o Éden, só que com menos roupa (eta Jardim das Delícias, de tão saudosa memória!).

Em dado momento, sem interromper, pelo contrário, acentuando a placidez daquele estar, ouviu-se um mugido ao longe. Bucólico.

— Hein?! — Atendeu ele, mal contendo o riso, atrás de um olhar maroto. Ela lhe dirigiu o seu, aquele que, com certeza, ao leitor alguma vez já deve ter sido dedicado, frio, dardejante, definitivo. Ato contínuo, juntou os apetrechos, fechou a maleta, dobrou o cavalete e iniciou a descida. Porque tão intempestiva reação?! Exagero! Tá bem, foi demais, mas em ambos os sentidos, o sorriso, volta e meia ameaçando tornar-se em riso: sonoro. Que fora gozado, ah!, isso fora...

Percebeu, no entanto, que era o fim. Quis ajudar com os apetrechos, mas ela não aceitou; ao primeiro arrancar-lhe das mãos, se atrapalhou para acompanhá-la, e acabou esquecendo o livro. Não perdera a piada, mas perdera a manhã, o programa, a amiga e um futuro que, sabe-se lá, poderia ter sido promissor. Prejuízo total, contabilizava, ou quase: até o fim das férias, restava-lhe a sinuca e os banhos na Cascata dos Amores. Sem ela, é óbvio.

Para sempre? Quem sabe o que se esconde nos corações humanos? O Sombra sabe! Alguém se lembra? Pois é, o Sombra sabia (desde que não um coração feminil...). Voltaram a se encontrar muitos, mas muitos anos depois. Curiosamente, pelo tempo que se passara, ela o convidou, a ele e à mulher, para uma festa em casa, aniversário do marido. Um bonito apartamento, telas de muito bom gosto nas paredes, artes culinárias de gosto muito bom nas mesas. Foi uma noite muito agradável, ela bem cerimoniosa. Não houve recordações da juventude, melhor assim. Continuava bonita e elegante, mas o olhar feminil não esconde nada, se não quiser: com certeza o perdoara e, com certeza, não esquecera.

Memórias de cinema

Em Porto Alegre, minha cidade natal, o ano era 1943 ou 44, não me lembro bem. Eu tinha uns oito anos de idade, mas de certos acontecimentos de então — mais os bons do que os ruins, que não esqueço, mas finjo que — até hoje me recordo, com carinho e um sorriso constante nos lábios. Como qualquer velho, eu diria, a propósito: aqueles é que eram bons tempos... Bobagem. Com oito anos, quaisquer tempos são bons tempos.

A 2ª Guerra seguia firme, na Europa e na Ásia. Nós torcíamos pelos Aliados, contra os nazistas e os amarelos. Colecionávamos os cartões Asas da Vitória, que vinham em barrinhas de chocolate, com todos os modelos de aviões de guerra, multicoloridos: o Tigre Voador, da Inglaterra, era o mais admirado, com seu bico pintado como boca de tubarão aberta, o que na época passava por tigre. Era assustador e poderoso. E também figurinhas dos grandes heróis e líderes, generais e políticos; um dos mais difíceis, odiado, mas objeto de desejo de todo guri da época, era Togo — só o nome já nos deixava apreensivos —, o primeiro ministro japonês, um inimigo cruel, impiedoso.

A capital do valoroso Estado do Rio Grande do Sul, terra de gaúcho, de bombacha, chimarrão e macho, também participava do esforço de guerra que o país solicitara: os carros circulavam movidos a *gasogênio*, enorme fornalha instalada na mala, para não desperdiçar gasolina, necessária para a guerra; havia a campanha do alumínio: caminhões passavam pelas ruas e a gente jogava panelas, bandejas e outros utensílios domésticos para, diziam, serem derretidos e utilizados na confecção de armas para os combatentes; havia também caminhões para cigarros, que seriam enviados para os pracinhas, que, de volta do *front*, relataram ter recebido somente marcas como Odalisca e Aurora — os mata-ratos da época —, embora a população contribuísse com o Hollywood, o fino de então: mistérios de guerra...

Nas praias — Capão da Canoa, Torres, Tramandaí —, sempre havia quem visse durante a noite um submarino alemão, fazendo sinais luminosos para algum quinta-coluna, os espiões de então; todos desconfiavam de algum alemão conhecido, morador da redondeza. À noite, periodicamente, aconteciam exercícios emocionantes de *blackout*: a cidade inteira desligava as luzes, escuro total, uma proteção contra ataques aéreos. A gurizada aproveitava para ir para a cama dos pais, onde era mais seguro e quentinho. A sirene tocava, e assim voltava a luz, retomando a normalidade dos tempos de paz — nada havia então online, nem em tempo real.

A vida era boa, na Porto Alegre da minha infância: frequentar a escola na Redenção, brincar na rua — na Venâncio Aires e na Santa Terezinha, onde eu brigava bastante com o (já então gordinho) filho de seu Érico, ícone do bairro e da cidade. Nos fins de semana, íamos ao Bonfim, onde morava o resto da família: tios, e primos e primas de todas as idades e chatices que brigavam entre si — por variados motivos e até sem motivo nenhum, afinal, éramos uma família... Bem legal, como eu diria hoje, voltando a frequentá-los, aqui, na lembrança.

Nessa época, começou a se desenhar o gosto por cinema. Meu pai era, entre as várias atividades com as quais não parava quieto, um dos proprietários do Cine Baltimore — o enorme (pelo menos assim me parecia, à época) cinema do bairro, ao qual, por ser filho do dono, eu tinha acesso de graça. E, por isso mesmo, muitos amigos.

O saguão era grande, muitas luzes, espelhos, cartazes das próximas atrações e uma *bombonière* com mil produtos, entre balas, chocolates e chicletes, enfim, um delírio. O filho do dono ajudava atrás do balcão, e a todo instante caía alguma balinha no chão que, claro, não ficava bem colocar à venda outra vez, pelo que ia para o bolso com o consentimento do baleiro.

Duas entradas laterais levavam à plateia, ampla, o alto teto abobadado. E o que era mais notável, único na época: os camarotes para seis pessoas, suspensos nas paredes laterais e nos fundos, para espetáculos teatrais ou recitais. Pois é, o Baltimore tinha um palco, um espaço monumental e mágico, um mundo de fantasia, viagens e novidades quando, no escuro do cinema, o foco de luz vindo da cabine de projeção nos arrebatava e conduzia, sem limites nem fronteiras.

Nada, nem uma ou duas ratazanas, que insistiam em driblar a desratização e colidir com os pés dos espectadores, podia deslustrar aquele encantamento. Nem as brigas nas matinês com os guris comuns, querendo a todo custo entrar no camarote onde o filho do dono e seus comparsas assistiam ao filme, fazendo questão de mostrar o privilégio que lhes era dado. Até que chegasse o lanterninha a coisa ficava feia, mas depois se acalmava assim que o mocinho aparecia na tela.

Eram seriados de ação e aventura, filmes em episódios, feitos para passar um por vez antes do filme principal durante a semana, mas que, não se sabe por que, em Porto Alegre passavam todos de uma vez, em sessão única, repetindo as últimas cenas de cada episódio ao iniciar-se o seguinte: um filme com soluços. Inesquecíveis, as matinês do Baltimore.

— Eu quero! — Claro. Quem não haveria de querer ir ao cinema à noite, coisa de gente grande?

— Ele já é um homenzinho — argumentava o pai, para uma mãe reticente.

— Não sei se é próprio, é uma criança. Ainda mais para ver esse filme — dizia ela.

— Já está na hora de começar a ver coisas mais sérias — insistia o pai, sabendo que a opinião dele prevaleceria, como sempre. E assim foi decidido:

— Mas eu vou também, não vou deixar esse menino sozinho, de jeito nenhum — impôs a mãe.

Foi a glória. Ir ao cinema à noite, e para ver um filme proibido: King Kong! A sessão começou, pondo fim à ansiedade, com o tradicional noticiário cinematográfico — com meses de atraso em relação aos eventos reais, e mesmo assim, ao som de trombetas, intitulado "Atualidades Cinematográficas" — seguido do trailer da próxima atração. E, finalmente, o esperado King Kong.

Só então foi possível sentar na cadeira, não mais ficar agachado atrás do peitoril do camarote para driblar o fiscal da Prefeitura, sempre em busca de um desrespeitador da lei e da ordem para multar o dono do cinema; ou levar algum...

O filme transcorria de acordo com as altas expectativas, os olhos arregalados, o coração apertado; a mãe superprotetora, sentada ao lado: preocupada com os efeitos danosos da iminente aparição do monstro, queria, a todo custo, evitar que o seu guri, o "homenzinho" do pai apressado, levasse algum susto prejudicial — intuitivamente, já que, àquela época, o comboio do Dr. Freud ainda não chegara a Porto Alegre.

Bem. Às vezes, a coisa não funciona como se espera. A mãe não poderia imaginar o susto, o terror provocado por ela mesma quando tapou os olhos do filho, ao primeiro grande close do macacão — no mesmo instante, parecia ensaiado —, para que ele não visse, não se assustasse. Não poderia imaginar e nunca ficou sabendo, ainda bem: de repente, sem saber de onde nem por que, uma enorme mão agarrou-lhe o rosto — que susto!, quase fez nas calças —, tudo ficou escuro e aqueles urros, berros assustadores, vindos não se sabe de onde, terror puro: o coração só não lhe saiu pela boca porque havia uma misteriosa mão, impedindo.

No dia seguinte, tive que inventar alguma para contar aos amigos o que não havia visto. Mas valeu a emoção do primeiro cinema à noite: a cumplicidade de meu pai e a certeza de ter sempre ao lado a minha mãe, mesmo pagando mico em filme de gorila. Já o terror cinematográfico, ficou gravado por todos esses anos, cinquenta e tantos: a nova versão colorida da era tecnológica, cheia de efeitos especiais, despertou nada mais que a curiosidade e um certo sorriso desdenhoso:

— Não sabem de nada! Não sabem o que é King Kong! A nova versão nunca mais foi vista, mas a original, em branco e preto, essa, sim, não dá pra perder.

Do lar

— Boa-noite, princesa.

— Oi.

— Não dá para um sorriso ou será que não fiz por merecê-lo?

— Pô, não começa, cara. Pera um pouco.

— Está bem, acato. Meu destino é perar.

— Ih! Não faz drama; chega esse aí, o das seis. Já vai acabar.

— Está tudo bem, Zê. Quando minha humilde pessoa merecer a luz dos seus olhos, ilumine-me.

— Vai, vai logo tomar teu banho. Depois a gente conversa, janta, dá tempo de sobra pra das 8.

— Tchau. Fui.

***

— Tá bom?

— Tá.

— Tá ou táááá?

— Médio. Melhor se feito com amor.

— Amor na cozinha cheira a cebola ou alho.

— Pelo menos é mais ardente.

— De alho?

— Essa foi infame.

— A gente faz o que pode.

— Mas quando não pode, não faz.

— Obrigado, Rui.

— Euzébio. Barbosa, mas Euzébio.

— Tuzébio?

— Dá pra falar sério?

— Pra quê?

— Você saiu hoje? Pegou um ônibus?

— Por quê?

— Calma, não se assuste...

— Assustar, eu?

— É, você mesma. Quase entornou a água.

— Deixa de bobagem. Por que essa CPI agora?

— Mera curiosidade profissional. Amanhã, se tiver tempo ou algum compromisso, vai de ônibus. Quero ver se você nota alguma coisa diferente no transporte.

— Pode deixar, vou de ônibus. Até porque, sou a única que não tem carro neste condomínio. Agora come, que já são quase oito.

— Tá bom; não é fácil ser casado com uma intelectual global.

— Bem que você gosta também...

— Eu não; vejo porque está ligado, *en passant*, como dizem os franceses.

— Você e a torcida do Flamengo.

— T'esconjuro!

***

— Boa-noite, Princesa.

— Oi.

— Como foi seu operoso dia? Deu pra tudo? Cerziu minhas meias?

— Dar não dei, mas tive vontade.

— Olha, mulher, olha o respeito.

— Então se toca. Que quié isso, essas perguntinhas?

— Meias, não sabe? Aquilo que o vulgo usa entre o pé e os borzeguins.

— Quê?

— Que, o quê? Meias ou borzeguins?

— Não, ô literato! Cerzir. Que que se faz com isso?

— Num dianta! Não se fazem mais mulheres como antigamente... Saudades de minha saudosa mãezinha, Deus a tenha!

— Ué, pula pela janela que logo logo você encontra ela.

— Muito fino. É essa sua poética que me seduz. Sem mãe no meio, tá bom?

— Então não me provoca. E você, muito trabalho naquela bendita repartição?

— Departamento, minha filha, Departamento. De Concessões. Assaz importante, se quer saber. E seu maridão aqui é o chefe, tá? CHEFE, com letras maiúsculas: o detentor do poder.

— Puxa, conte mais! Só não tou careca de tanto ouvir isso porque uso Sedabrilho nos meus lindos cabelos, eu e a Donatela.

— Dona quem?

— Cara, não se faça de desentendido. A Donatela, a das nove, você sabe muito bem...

— Ah sei, aquela gostosa!

— Olha, me respeita! Ou te faço uma circuncisão tamanho família.

— Mas então, andou de ônibus hoje? Reparou algo de extraordinário?

— Andei, você não pediu? Agora, reparar, mesmo, que eu me lembre, só a imundície. Até barata tinha. Teu Departamento não faz nada, não?

— Ei, vamos com calma. Em primeiro lugar, não é com o meu Departamento; em segundo, o que era pra notar você nem notou. A dondoca só se liga em novela, não é mesmo?

— Vai, desembucha logo, o quê que era pra *mim* notar?

— Você já reparou nas várias plaquinhas com avisos, pregadas junto ao assento do motorista? Então, tem uma nova, do meu Departamento; que eu criei. Um primor!

— Por quê?

— Por que o quê?

— Por que um primor?

— Porque eu criei, ora! Levei dias compondo o texto, burilando o vernáculo, pesando a força das palavras.

— E precisa tudo isso aí pra fazer uma plaquinha?

— Claro, minha deusa. É necessário ser direto, objetivo, claro e incisivo; senão, babau: ninguém entende ou leva a sério, sabe como é esse Zé povinho... Só um chefe para fazer isso. Um chefe com características de líder: eu! Às suas ordens!

— Tudo isso? É preciso mesmo, Napoleão?

— É sim. Pode debochar, mas é que você não alcança a importância das ações públicas. Você fala em Napoleão como se eu fosse um maluco, mas, podes crer, a criação de uma placa desse teor é um paralelo ao Napoleão, sim, mas diante da travessia do Rubicão. Sacou?

— Rubicão? Onde é isso?

— Esquece, você só conhece é o Marquês de Rabicó.

— Conheço?

— Já esqueceu? Foi o único livro que você leu e já não lembra mais. Monteiro Lobato. Pedrinho, Narizinho, Emilia, Sítio do Pica-Pau Amarelo.

— Ah, mas isso faz muito tempo. E o tal do Rubicão? Qual é a dele?

— É uma expressão, mulher! Significa estar diante de uma decisão ousada e sem volta. Irrevogável.

— E o tal do Napoleão, atravessou ou não?

— Não, porque não foi ele. Foi outro general, não me lembro qual, mas das antigas. Das muito mais.

— E a tal plaquinha, qual é a dela nessa travessia?

— Já disse, esquece o Rubicão. A plaquinha impõe penalidades ao usuário do transporte público, defende o meio-ambiente e protege a coletividade. O texto é mais ou menos assim, resumindo, para você entender: "Fica expressamente proibido o uso de aparelhos sonoros no interior deste veículo. No caso de não obediência a esta postura municipal, o recalcitrante será retirado do veículo."

— Não entendi nada.

— Como não? Está direta, objetiva, clara e incisiva. Quem ficar ouvindo radinho de pilha alto vai ter que descer do ônibus.

— Cê não tá no ônibus, mas tá viajando! Primeiro, se ainda existe e está pregada lá, é muito pequena, eu não vi; segundo, isso de aparelho sonoro, radinho de pilha, hoje em dia, não existe mais, é do tempo da minha avó, se toca, cara: estamos na geração Ipod; e, terceiro, ninguém sabe o que é recalci..., como é mesmo isso aí da sua genial criação?

— Recalcitrante; um indivíduo obstinado, teimoso, desobediente, que se insurge e resiste contra algo determinado.

— E por que não diz logo? Fica de frescura, deitando falação e aí ninguém entende mesmo. Depois vem dizer que o povo é ignorante! Não é não, cara, pode até chegar a Presidente da República, sem saber o que é recalcitrante. É só ser recalcitrante, né não?

— Meu Deus! Tenho que apelar pra mim mesmo aqui nesta casa. Depois querem que o Serviço Público funcione a contento. Não há um fulcro comum entre autoridade e autorizados.

— Quer saber, Euzébio ? Esse papo de Rubicão, plaquinha recalcitrante e sei lá mais o que, já encheu-me o saco! E olha que não o tenho! Gostou das concordâncias, sabichão? Vamos ver a das nove que é bem melhor. Relaxa.

— Tá bem, cê tem razão. As partes não reconhecem o valor dos servidores, mesmo; e, portanto, não os merecem. Pra mim, por hoje, chega.

— E pra mim, então?

Para o leitor, também. Afinal, a das nove já vai começar. Tempo de prestar atenção... ou desligar.

Pena, tanto futuro pela frente!

— Quem chegou primeiro foi Lucinha. Quase atingiu ela, tava descendo do taxi.

— E ela ainda estava viva?

— Tava. Botava sangue pela boca, tentava falar alguma coisa. A Lucinha chegou perto pra tentar sei lá o que, ajudar, escutar...

— Corajosa, ela. Eu nem posso ver sangue. Ainda mais de uma garota tão bonita, tão novinha.

— É, mas ela estuda Medicina, já tá acostumada.

— E ela contou o quê? Deu pra ouvir, pra entender?

— Pra ouvir, deu. Pra entender, não.

— E aí, o que ela disse? Fala.

— Muito estranho, sinistro, cara! Ela falou duas palavras: "cascuda" e "barata". E apagou.

— Que pena. Tão legal que ela era.

— É mesmo. E tinha muito futuro, bicho. Bela voz e muita paciência.

— É, o Call Center perdeu sua próxima gerente. A gente nunca sabe o que o futuro vai aprontar pro nosso lado.

— Que coisa, hein! Dá pra acreditar?

— Pois é, quem poderia imaginar uma coisa dessas?

— Tão novinha! Ela era legal. E gostosa, que Deus me perdoe.

— Fazia o quê?

— Não tô sabendo. Ela só tinha chegado por aqui há uns quinze dias, estava se enturmando, e bem, lá na barraca. Estudava na PUC e, uma vez, me disse, com os olhos brilhando, que ia fazer um Mestrado em Garota de Ipanema.

— Se você vem da Zona Norte, isso é a glória!... Você sabe o que ela fazia? Tinham me dito que trabalhava, também.

— E é verdade; alguma coisa com atendimento ao público. Call Center, Telemarketing, uma dessas pragas atuais. Outro dia ela estava contando, mas não entendi bem, prestando atenção nas outras qualidades dela; olha que não era de se jogar fora, a não ser que fosse no jardim lá de casa.

— Porra, cara, nem aqui você libera?

— Pô, mas é verdade; pelo menos não fico fazendo pose de arrasado.

— A única que não gostava dela era a Lourdes.

— Também, a diferença era gritante. Muito mais bonita, mais simpática, voz agradável, trato suave; pra quem quer ser supervisora, uma concorrente com esses dotes é fatal.

— O Jorge, gerente da tarde, já era todo sorrisos pro lado dela. E vocês, homens, achavam o quê?

— Excelente profissional. Nada mais. Sou casado.

— Deixa de ser cínico. Pensa que já não vi teus olhares profissionais?

— Que olhares, que nada! Deixa de ciumeira, respeita a ocasião.

— Pra mim, um único senão: os chiliques, quando aparecia uma baratinha qualquer. Isso é bem coisa de mulher.

— É nada. Conheço muito homem que se borra todo e não mata uma. É verdade que ela exagerava um pouco. Parece que de onde ela vinha não tinha disso, mas, no Rio, tem em tudo que é lugar. Já somos íntimas.

— São das pragas mais antigas e resistentes, desde que o mundo é mundo. Criaturas de Deus: barata e mulher, sendo que mulher, qualquer uma, nunca sai barata. É luxo só.

— Infame, cara!

— Aquele ali, de camisa listrada e calça social, parece que era o namorado dela, quase noivo. Desde pré-adolescentes. Olha só que charme, o mocassim de camurça preta da peça!

— Não tá sentindo muita falta, não acha? Mesmo de óculos escuros, dá pra ver que não deixa passar nenhum rabo. Vai ficar tontinho!

— É bem gatão, isto é, precisa de um *personal stylist*, mas com o tempo, dá-se um jeito.

— Mas, já? Deixa esfriar um pouco, devassa!

— É a mãe.

— Ó o respeito! Não baixa o nível.

— Não é nada disso, ô infeliz! Tô te mostrando quem é a mãe dela. Aquela senhora de blusinha de ban-lon branca. Sabe o que é isso?

— Eu não, nem ninguém aqui a não ser você, oriunda dos primórdios do século passado.

— Vê se te enxerga. Me poupe! Fui.

— Mas nem em novela mexicana do SBT dava pra imaginar esse desfecho. Não dá pra acreditar.

— É verdade. Eles não mereciam isso. Honório e Cleonice se mataram a vida toda para dar tudo a essa menina.

— Sem dúvida. Acompanhei desde o nascimento da Kelly Cristina. Tempos difíceis: dureza, minha gente, muita dureza! Só Deus sabe...

— De fato, mas ela bem que retribuiu. Era um prazer ver como estudava, como se comportava, uma verdadeira dama em formação. Os pais sorriam de orelha a orelha a cada ano letivo que era vencido. É verdade que ela tava noiva?

— Não, ela era muito exigente. Era difícil agradá-la no quesito *love*.

— É, mas também não era fácil, pelo menos acho que não seria fácil conviver com ela.

— Como assim? Por quê?

— Você nunca soube do problema dela? Tá bem que não era nada grave, mas devia ser tratado; e o Honório não admitia qualquer consulta com psicólogo, psiquiatra ou coisa parecida: "Isso é coisa pra maluco e na minha família não tem disso", era o que ele dizia.

— Acho até que ela foi fazer Psicologia na PUC por causa disso. Eu mesma presenciei muitas vezes, morava bem em frente a eles.

— O quê? Que que era?

— O apelido dela, me contaram, era Dona Baratinha.

— Dona o quê?

— Dona Baratinha. Não conhece aquela historinha infantil? Teus pais nunca te contaram quando tu eras criança, *tchê*?

— Nada, cara, os pais dele nem chegavam perto, de tão feio que ele era. Só brincavam com ele no escuro, de luz apagada.

— Vai te ferrar! Conta, Lupicínio, que Dona Baratinha é essa?

— Pessoal, deixa pra lá, agora não importa mais. Esquece.

— Presenciou o quê? Me conte.

— A Kelly Cristina tinha um pavor incontrolável de barata. Qualquer uma, de qualquer tamanho. Era a única coisa que a tirava do sério. Até quando foi assaltada lidou bem com o choque, recuperou sem problema a tranquilidade. Mas, barata? Valha-me Deus! Era ver uma por perto que ela se superava, fisicamente, em tudo. Cansei de ouvi-la gritar "barata!" e ver a figura meiga, até então, transtornada, pulando a janela da sala, como se fosse um super-herói, voando quase. Eu morava quase em frente. As crianças aplaudiam, riam, gritavam: "Aí Super-Kelly!!!"

— Jura! Cê tá de sacanagem.

— É verdade, sim. Agora tô me lembrando daquela época. Uma vez conversei com ela sobre isso. Queria ajudar. Ela me disse que não sabia o que era, mas lhe dava tamanha angustia, pavor, mesmo, que não pensava como, por que, o que vão dizer, nada, tirava forças não sabia de onde e voava. Não queria nem saber. Era automático, sem pensar.

— Pois é, e um dia ela resolveu que lá, onde a gente morava, estava infestado definitivamente. Era mau-olhado, despacho, sei lá que mais. Tanto fez, que seu Honório, que fazia tudo o que ela queria, e ela fazia por merecer, resolveu se mudar pra Zona Sul, perto da escola dela, um lugar arejado, claro, com praia, moderno. Foram pra Ipanema.

— Me lembro. Quando eles partiram, na despedida, eu até falei pra ela: tchau, Garota de Ipanema, vê se não se esquece da gente!

— Ela estudava. Não creio que fosse trabalhar no Call por muito tempo. Aquilo não é meio de vida, é meio de morte. Cerebral, com certeza.

— Estudava o quê?

— Psicologia na PUC.

— Pô, legal! Ia ser a primeira cliente dela mesma, fazer terapia de grupo com as baratas.

— Deixa de baixaria, Lourdes. Tenha dó.

— Nem dó, nem ré, nem mi; era muita frescura, isso é que era.

— Deixa disso. Teu caminho pra Miss Call Center tá livre. É só caprichar mais nas cruzadas de perna pro Hermógenes que viras subgerente dele, e de cama e mesa. Tá bom ou quer mais?

— Se inveja matasse, você ia junto com a Kelly.

— Gente, respeito. Isso é hora?!

— Os vizinhos dela não estão te olhando meio que de lado?

— Que nada. Eles estão é muito tristes. Todos já passaram por aqui. Afinal, foram tantos anos de convivência, viram ela nascer e crescer.

— Tô arrasada, comadre. Além de ser, ou melhor, ter sido, minha sobrinha, eu é que fiquei com a casinha térrea com jardim e quintal do Encantado. Quando entro na vila, ainda a vejo pulando a janela da sala.

— Deus põe, Deus dispõe.

Alguns depositam uma flor, outros um último olhar, uma tia velha lhe beija a testa. Dois funcionários mal-ajambrados vêm pegar a tampa. Uma voadora adentra o recinto, causando certo reboliço. Com estrondo, o funcionário mais jovem deixa a tampa cair; o veterano, fleumático, se adianta e lhe dá um pisão. Crec! Recompõem-se todos. Compunção nos semblantes. Parte o féretro.

A SEGURANÇA FALHOU. GRAÇAS A DEUS!

Estavam vindo de Eilat, onde, além de visitar o aquário e mergulhar atrás da fauna marinha no Mar Vermelho, haviam passado pela experiência da travessia, consentida, pela fronteira entre Israel e Jordânia, com toda a expectativa que procedimentos de segurança na faixa de ninguém e a presença de homens armados — policiais, militares e civis — suscitam nos simples mortais, desejosos de visitar a cidade de Petra — esplêndida! — nabateia na origem, jordaniana hoje.

Eram os últimos dias de uma viagem a Israel, onde haviam percorrido e revisitado os mais interessantes lugares que conheciam através de leituras, de viagens anteriores e da Bíblia — descontados os acontecimentos surrealistas e os efeitos especiais, introduzidos pelos editores para vender a obra, o melhor guia turístico de Israel e arredores.

O Boeing da Arkia pousou, pontualmente, na pista central do Aeroporto Sde Dov. Viera lotado de judeus, árabes, europeus, asiáticos, evangélicos e ortodoxos: uma salada de tipos físicos que tornava impossível definir, com certeza absoluta, quem era quem, a não ser pelos ortodoxos e evangélicos, que a estes é fácil identificar... Somente faltavam outros brasileiros: durante toda a viagem, não se ouvira ninguém falando alto, ou formando grupinhos, de pé, trocando relatos de malandragens aplicadas. Uma gente contida, aquela, quem sabe preocupada com potenciais sequestros de aeronaves, pois querendo ou não, sempre sobra nessas horas uma ponta de temor por tempos passados...

— Mantenham-se sentados, e com os cintos afivelados, até a completa parada dos motores da aeronave — e todos já de pé, pegando as bagagens de mão, pacotes e sacolas; alguns nem ouviram o mais repetido aviso, "só é permitido falar pelo celular no saguão do aeroporto", porque já telefonavam, ainda dentro do avião. As portas abertas, os corredores congestionados:

— Obrigado por voar com a Arkia, até a próxima! Boa estadia em Tel Aviv!

— Obrigada e até breve.

Dirigiram-se, então, ao ônibus que atravessaria a pista e os levaria ao prédio principal. Após passar por um segurança, armado com um ostensivo fuzil-metralhadora, a massa foi conduzida, por uma escada estreita e em curva, ao saguão do desembarque, acanhado demais para tanta gente e as esteiras de bagagem.

Enquanto esperavam pelas malas, ele mexia nos bolsos, como que procurando algo.

— O que foi? — ela quis saber.

— Acho que deixei cair a capa dos óculos no avião.

— Vai pegar, você gosta tanto dela. A bagagem ainda nem apontou, dá muito tempo, eu espero, vai logo.

A predisposição e boa vontade dele em atendê-la em tudo que pedia, e a disposição dela para mandar em tudo, definiram a situação:

— OK. Vou até lá, me espera aqui, fica só olhando, deixa as malas passarem que são pesadas, volto logo e as retiro — disse ele, se dirigindo à escada e cruzando com o segurança armado, que sumiu por uma porta com a inscrição "Acesso Restrito".

No contrafluxo de uma nova leva de passageiros, que chegava num voo posterior ao seu, desceu com certa dificuldade, alguns esbarrões, *slichás* e *bevacachás*, e conseguiu alcançar a porta pela qual entrara. Ao longe, o Airbus ainda estacionado na pista, escada no lugar, portas abertas — o pátio vazio, apenas um carro de bagagem saindo de outro avião, muito sol e muito vento. Dirigiu-se, em passos largos, a cabeleira se descompondo, para o seu avião. Alcançou a ponta da escada e subiu célere, a ventania estava desagradável. Parou na porta, assustado com a reação do comissário de bordo, antes tão solicito e disponível.

— Pare aí, o que você quer?

— Calma! É que eu acho que deixei a caixa dos meus óculos no avião. Estava sentado bem ali — disse-lhe, apontando o lugar e fazendo menção de entrar.

— Não entre! Dirija-se à sala de achados e perdidos; se a limpeza encontrar, é lá que será entregue.

"Desagradável, esse sujeitinho! Falso o voo todo!", pensou, dando meia-volta e descendo a escada. No pátio, nenhum movimento, ele andando solitário em direção ao prédio principal. Demorou. Da primeira vez, tinha vindo de ônibus. Na porta, ninguém, segurança nenhum; entrou, subiu, a confusão havia aumentado e as malas não tinham chegado. Encontrou a mulher e contou o ocorrido.

— Tudo bem, não esquenta, eu compro outra.

— Olha mais uma vez, vai ver não procurou direito, como sempre...

Ele remexe em todos os bolsos e, não é que encontra o objeto perdido?!

— Pomba, que mico!

— Eu não disse? É sempre a mesma coisa. Não presta atenção, faz tudo de qualquer jeito!

— Tá, tá bem, chega!, agora esquece. Olha, as malas estão chegando.

— Não vai deixar passar a nossa, vê se presta atenção. Quero ir logo pro hotel, já estou cheia de esperar. Estamos perdendo um tempo precioso, e em euros, o que é pior. Quero ir ao Museu de Artes Plásticas e depois ao shopping, na Dizengof; ainda faltam cinco lembrancinhas para comprar, pro pessoal do escritório.

À noite, no hotel, museu visitado, lembrancinhas compradas, banho tomado, ambos relaxados, olhando o calçadão da orla de Tel Aviv, ele se vira para ela e diz, com um sorriso nos lábios:

— Você atentou bem para o que aconteceu? Pro que nós fizemos?

— Eu não fiz nada. Do que é que você está falando?

— Loucura, mulher. Pensa bem: estamos em Israel, no aeroporto, aviões na pista. Um sujeito desce uma escada, sozinho, na contramão de todos os demais passageiros, interrompe o fluxo normal e atravessa todo o pátio em direção a um avião pousado; por sorte, ou sei lá por que, nenhum segurança por perto!

— Mas, e daí?

— E daí que não falo hebraico, não falo árabe e inglês, só mais ou menos. Se algum membro de qualquer serviço de segurança — e aqui, não é o que falta — me vê e me interpela, grita qualquer coisa, naquelas circunstâncias, aí é que eu não entenderia coisa alguma, mesmo, acharia que não era comigo: afinal eu só ia logo ali, buscar minha caixa dos óculos... Um sujeito a pé, em trajes civis, atravessando as pistas em direção às aeronaves estacionadas, não atendendo a ordem alguma, só poderia ser o quê? "Atira nele e pergunta depois, mas, no avião, ele não chega"; por sorte, a segurança falhou! E tudo teria acontecido por causa de quê? De uma caixa de óculos de três merréis, não mais que isso!

— Gente! Realmente foi uma loucura. Uma babaquice...

— É o que dá ir, atrás de você, fazer tuas vontades.

— Tá bom, a culpa é minha! Tava demorando. Aconteceu alguma coisa? Vamos. Seja prático, só reclame quando acontecer.

— Não aconteceu, mas poderia ter acontecido. E aí não daria pra ser prático, minha cara...

— Então tá, amoritchio, vamos deitar que amanhã temos um longo dia de viagem até o Brasil.

Não dá para crer que neste episódio, em se tratando do velho e popular Deus, Ele tenha se ausentado, deixando a coisa correr frouxa. Embora seja voz corrente, cá pelos lados desta exótica nação abaixo da linha do Equador, que Ele é brasileiro, não resta dúvida de que sua porção Iavé é bastante acentuada e presente, não fosse sua antiguidade e seu íntimo relacionamento, de amor e ódio, com aquela turma.

Dá até para imaginar que — em Sua Onitudo — deve ter visto aquela desgarrada ovelha de seu rebanho, balançado a cabeça, os cabelos ao vento na bela tarde de sol primaveril, a expressão meio irada como é de seu feitio, apontado e sacralizado:

— Mas como é burro! Burro, mas é dos nossos! Desta vez ele escapa. Segue em frente. Ano que vem em Jerusalém!

O fato é que não se fazem mais deuses como antigamente. Na Grécia, costumavam jogar raios e trovões. No Reino de Judá, era conhecido como o Senhor dos Exércitos. Como está, parece que têm mesmo razão: ele hoje é brasileiro. Graças a Deus!

Frase-chave

Mil palavras dizem menos que uma imagem: um dito popular, não exatamente nestes termos e menos ainda nesta proporção. Tem o seu quê de verdade, e não diminui nem a palavra, nem a imagem.

Quem sabe outra formulação pudesse valorizar o texto a partir de sua forma, com uma imagem da força do mesmo pelos meios gráficos em uso?; a forma segue a função, diziam os arquitetos modernistas no século XX; um modo simples e direto de perceber quem é quem, e quem diz o quê: o texto *in* forma.

Assim:

o Narrador — Minion Pro, corpo 11.

a AUTORIDADE — em Maiúsculas, olhando de cima e do alto de sua ÔTORIDADE, emanada por origem e vícios do Serviço Público.

o infrator — em minúsculas, já se inclinando pelo peso da culpa, de erros já conhecidos e pela iminência de aborrecimentos e atrasos, em meio à luta pela sobrevivência.

os "(pensamentos e reflexões não expressos)" — entre aspas e parênteses, por motivos circunstanciais, estratégicos e, às vezes, éticos; mas importantes, na elaboração das marchas e contramarchas.

Então:

A Lagoa desfilava ante seus olhos naquela tarde de maio, esplendorosa, como somente o mês de maio é capaz de proporcionar aos sofridos habitantes desta, outrora, mui gloriosa cidade de São Sebastião do Rio de Janeiro, a Maravilhosa. A temperatura estava amena, o céu claro e limpo e o sol civilizado — diria até: mais para europeu do que para tropical.

A cabeça a mil: a atenção no trânsito, no que iria dizer ao cliente — que, como todos os que pagam, sempre sabe tudo — e nas contas a pagar "(*já que Deus e o PT não o tinham agraciado com um cartão corporativo, quem manda?! tivesse entrado para o Governo, em vez de ser besta e querer trabalhar!*)".

Tranquilão, dirigia seu poderoso Fiat Palio ano 1998, muito bem conservado "(*como o motorista*)", em intrépidos 70 km/hora, gozando a paisagem e, por extensão, a filha — que sempre dissera que ir de Copacabana ao Leblon com ele na direção, era uma longa viagem. Custou a perceber um carro na sua traseira fazendo sinais com os faróis: duas pequenas acendidas, uma pausa, mais duas. Olhou mais atentamente pelo retrovisor e identificou um carro da polícia "(*eles também assistem Miami Vice, porra, que saco! vão me atrasar, estão me esperando, cacete! o jeito é parar antes que uma bala perdida me ache*)". Parou, as autoridades logo atrás.

Acompanhando pelo retrovisor, viu um patrulheiro dirigir-se para o seu carro, parando junto à janela. Antes que o esperado sermão tivesse início e analisando o tipo, mais para gordo do que para forte, um preto retinto "(*afrodescendente fosco!*)" com ar bonachão, resolveu descer do carro e ficar de igual para igual, pelo menos na mesma altura, ambos de pé.

— CAVALHEIRO, POR FAVOR, ESTACIONE O CARRO SOBRE A CALÇADA E ME APRESENTE SEUS DOCUMENTOS.

Enquanto fechava a porta e subia a calçada, via o outro policial fazer o mesmo com a viatura "(*isso eles não viram no Miami Vice, com certeza; calçada é para pedestres...*)". Saltou do carro e apresentou os documentos, inclusive a carteira de reservista, o que ajudaria a amaciar a conversação; ainda mais considerando que a carteira de habilitação estava vencida, tinha dois IPVAs atrasados e vistorias não realizadas por absoluta falta de tempo para burocracias, e falta de grana também: tinha outras prioridades...

— O CAVALHEIRO SABE QUE ESTÁ COM SUA DOCUMENTAÇÃO COMPLETAMENTE IRREGULAR?

— *perfeitamente, o senhor está certo "(melhor não argumentar, com calma resolve-se mais rapidamente)".*

— AGORA ME DIGA, E SE ACONTECE UM ACIDENTE GRAVE? COMO O SENHOR FICA?

— *"(gravemente ferido, é óbvio, mas é melhor ficar quieto)" o senhor está coberto de razão, não há o que eu possa alegar; o fato é que ainda não foi possível atualizar a documentação por absoluta falta de tempo, o senhor sabe, é um correr vinte e quatro horas por dia atrás de trabalho. se o senhor for ao meu escritório, verá que sobre a minha mesa estão os documentos e recibos necessários para tal, mas até agora não deu.*

— ACREDITO, CAVALHEIRO, MAS A LEI ME OBRIGA A APREENDER SEUS DOCUMENTOS E REBOCAR O SEU VEÍCULO.

— *mas isso só complica mais as coisas... dependo do carro para trabalhar, tenho uma reunião daqui a pouco, não faturo, como pagar o devido? não dá para resolver esta questão de maneira mais prática, aqui mesmo?*

— O SENHOR FAZ O QUE, TENENTE?

— *sou arquiteto. aliás, se estiver precisando de meus serviços, com todo o prazer.*

— QUE RETRATOS SÃO ESTES? LINDAS CRIANÇAS!

— *são meus netos, dois aqui e dois em são paulo.*

— EU TAMBÉM SOU AVÔ. OLHA SÓ, UMA MENINA, JÁ ESTÁ UMA MOCINHA!

— *que gracinha! felizmente, deve ter puxado à avó e não ao avô! sorte dela!*

E riram os dois *"(já melhorou!)".*

— MAS, AQUI ENTRE AVÔS, O QUE VOCÊ SUGERE?

— *"(já estamos ficando íntimos, acho que vai dar...)" olha, palavra de colega: você sabe que avôs são pessoas especiais, sérias, honestas, sinceras e sem mutretas; me libera desta vez que eu já estou atrasado, e eu me comprometo, hoje mesmo vou tratar de regularizar a minha situação. e mais: acho que você merece uma gratificação, por tudo o que está fazendo pela lei e pela ordem "(agora quero ver, como ele sai dessa.)".*

Houve um momento de silêncio, os dois mudos, parecendo durar muito mais do que realmente durou. E, aí, a frase-chave, que tranquilizou todas as consciências:

— MAS, É DE CORAÇÃO?

— *é claro que é; você não vê o bem que está me fazendo, no cumprimento do seu dever?*

— ENTÃO TÁ, FAZ O SEGUINTE: VÊ AÍ O QUE TEM NO BOLSO E SE DESPEDE DE MIM, PELA JANELA DA VIATURA. MAS NÃO QUERO VER O VOVÔ NESSA MESMA SITUAÇÃO OUTRA VEZ, CORRETO?

A AUTORIDADE entrou na viatura e o *infrator* entrou no carro; este remexeu o bolso, saiu e apertou a mão do outro vovô pela janela. Desceram a calçada e partiram, céleres, para mais uma etapa do cumprimento de seus compromissos e deveres.

Entre avôs, com amor — e quando é de coração —, não há consciência que não fique tranquila...

Haja!

A campainha tocou exatamente na hora aprazada: foi a primeira e única vez que ele cumpriu o combinado.

— Pode entrar!

— Ô doutor, como vai? Sabe quem sou eu?

— Sei, claro. Se não soubesse, não teria marcado essa visita. Estou com meu tempo cronometrado. Vamos lá, qual é o problema?

— É isso que dá ser famoso, o ânus da glória.

— Ônus, meu caro, ônus. E depois, não me venha com essa história de glória, desembucha logo, o que é que você está pretendendo?

— Entendo, vamos direto aos finalmentes. Sabe o que é, doutor? É que sou o empreiteiro da obra daquele cemitério que o senhor projetou. Uma beleza, por sinal; já tinham lhe dito isso?

— Já, toda vez que alguém quer alguma coisa a respeito.

— Então, todos os pepinos que acontecem lá eu é que tenho que resolver. Não adianta terceirizar. O olho do porco engorda, não, é o olho do dono que engorda o porco. Por isso eu quase não tenho sossego, e agora tô aqui.

— O que é que houve com o cemitério? Morreu alguém lá? Enterra logo, não gaste dinheiro com transporte, no final dá tudo na mesma.

— Haver, não houve, não se assuste. Eu é que quero trocar umas ideias com o senhor.

— Pode falar, chega de circunlóquios.

— Circo, o quê? Que quié é isso?

— Deixa pra lá, esquece. Vamos ao que interessa. Fale logo.

— Pois então, como eu tava dizendo...

— Você não estava dizendo nada, está me cozinhando em fogo lento. E eu interrompendo, respondendo, entrando na sua! Vamos, fala logo, é agora ou nunca!

— Pois é, sabe o muro do cemitério? Então, o senhor projetou quinhentos metros de muro de concreto de um metro e oitenta de altura. Não que não fique bom, quem sou eu pra dar palpite, mas acho que não é necessário tudo isso, meu doutor.

— Como não?! Em primeiro lugar, vou logo avisando: fico possesso quando alguém quer mudar um projeto meu. Arquitetura não é brincadeira, nada é gratuito, é tudo fruto de muito estudar, pensar, elaborar e criar. Nada está lá à toa. Mas, e daí? Prossiga.

— Esse muro é uma desgraça, de material e mão-de-obra. Acho um desperdício, com todo o respeito, doutor.

— Mas como, você acha? Se você achar algo, é melhor entregar pro porteiro, porque alguém deve ter perdido e deve estar enlouquecido, refazendo os caminhos por onde andou...

— Doutor, fala sério. O senhor tá mangando comigo.

— Tá bem, desculpe, mas anda logo, qual é a sua dúvida?

— É o seguinte: em primeiro lugar, acho uma pena esconder uma obra daquelas, tá ficando uma belezura; em segundo, uma questão de economia. Assim, se o senhor concordar, a gente faz uma mureta de sessenta centímetros e um gradil de um metro e vinte, em alumínio anodizado. Veja bem, não tampa a vista de quem passa, eu até já fiquei no local estudando a questão e fiz medições de altura, e tem mais: é uma economia de tempo e dinheiro. Resolve todos os problemas.

— E a segurança? Ou você acredita que não vão arrebentar o gradil em dois tempos? Tá mais me parecendo que você quer é facilidade, além de dar preço para um serviço e entregar outro. É a mais-valia tupiniquim.

— Que isso, arquiteto?! Nem pensar! Não sou desonesto nem comunista. Aliás, por falar em segurança, o senhor viu, nem o muro de Berlim aguentou. E depois, doutor, pra que tanta preocupação com segurança? Pra que tudo isso? Lá, quem tá fora não quer entrar e quem tá dentro não pode sair, doutor.

— Ok, tou te sacando. Digamos que eu concorde com o teu pleito; como você resolve com o fiscal da obra?

— Doutor, essa é uma das minhas especialidades... Não vou resolver, já tá resolvido; ou o senhor acha que eu vinha lhe incomodar sem ter tudo já nos conformes?

— Bom, já vi que sou o único de fora dessa unanimidade. Façamos o seguinte: me faz uma amostra, uns dois metros de mureta e gradil; nem vou desenhar, porque senão a questão não vai se resolver tão cedo; se ficar bom, eu apoio. No fundo, você não é um mau sujeito, e sim um bom empreiteiro, com todos os prós e contras: mais prós do que contras, reconheço. Agora vai, seja o que Deus quiser e ao Diabo aprouver.

— Obrigado, doutor. Eu sabia que o senhor era gente boa! Seria uma maldade um sujeito só poder aproveitar aquela beleza toda depois de morto. Tô indo.

2x1 - Fim de jogo

Preliminar

Tan, tan!... Tan, tan!! Tan, tan, tan tannnn!!!..., o celular tocou. Tocou, não. Entoou, porque telefone moderno não toca: inicia um recital. A não ser os que, humildemente, ainda se acham um aparelho telefônico, daqueles que serviam para falar. Coisas dantanho! Então. O celular tocou. (É, eu sou dantanho.)

1º Tempo

— Á-louu!
— Pronto.
— Daonde fala?
— Quer falar com quem?
— É sobre uma casa que está à venda. O porteiro me deu seu telefone. É o proprietário, não é?
— Sim, sou eu. A senhora é corretora?
— Não, Deus me livre. É para mim mesma, melhor dizendo, para minha filha. Sou uma avó moderna, vou à luta, enquanto ela trabalha. Procuro uma casa para ela, o marido e o filhinho pequeno, meu neto, uma graça, o senhor precisa ver!
— Ok, então é comigo mesmo. Também sou um avô moderno, vejo que temos algo em comum, podemos nos entender. A senhora está a par das condições? Tamanho, preço, etc., etc.?

— Ah, que bom! O que eu não gosto é de tratar com velharia. Não tão com nada, só querem saber de passado, lembranças mal lembradas, saudades imorredouras, "no meu tempo é que era bom", um saco! Meu negócio é o futuro, a partir do aqui e agora, o senhor não acha?

— Você, por favor! Senhor é para os antigos, o que, pelo visto, não é o nosso caso. Mas então, tá sabendo como é a casa, quais as condições?

— Ah é, o senh... você tinha me perguntado isso, até me perdi. Não repare, às vezes me empolgo, atropelo e pulo etapas. A vida é muito dinâmica, e é assim que deve ser, não acha? Eu pelo menos sou, ninguém me segura! Mas pode me chamar a atenção que a gente retoma do ponto de partida. O que é mesmo que você perguntou?

— A casa, como ela é, se sabe ou não sabe.

— Ah é, não, não sei nada. Me diga, não me esconda nada... Fale agora ou cale-se para sempre! Não é bonitinho?

— Amém! Seja feita a vossa vontade! São duas salas, lavabo, cozinha planejada, área de serviço e dependências; isso, no térreo. No segundo pavimento são dois quartos com armários e um banheiro completo, mais uma suíte master, quarto, banheiro e closet, muito bom para abrir gavetas, pendurar as roupas e fechar a porta: ninguém vê a bagunça. No terceiro, uma sala maior, que eu usava como rometiter, conforme dizem os corretores, e um terraço, onde dá pra botar uma piscina pequena ou uma churrasqueira, enfim, ao gosto. No subsolo, um escritório e a garagem. Duas vagas na escritura. Documentação cem por cento. Quantas vai querer?

— Aproveitando a sua pausa pra respirar, devo dizer que, se não for conversa de corretor, me parece ótimo. Agora, condomínio, IPTU e a facada final.

— Coisa pouca, madame!

— Parece até camelô!

— Quinhentos e trinta, mil e oitocentos, quinhentos e oitenta mil.

— Olha, meu jovem, não é nada que me faça cair pra trás, nem pra frente; certamente ainda tem conversa, não? Ou estou tratando com um jovem teimoso que nem um velho?

— Quê isso, menina?! É conversando que a gente se conecta. Estamos aqui pro que der e vier, ou melhor, como querem os jovens, pra quem vier e der. Com todo o respeito.

— Tá certo, tô sabendo... Então vamos, quando é que eu posso dar, desculpe, ver o imóvel?

— É só marcar, veja aí quando pode, você, sua filha, o resto da família. Estou à sua disposição.

— Não, primeiro vou eu. Se a casa atender ao perfil da minha tropa, aí sim, marco com eles. Assim tem sido, eles preferem que passe primeiro pelo crivo de mamãe, e eu também: afinal, o financiamento vai sair pelo Bancomãe S.A.

— Faz muito bem. Assim é que se age. Nada de moleza, dureza é que resolve. Não acha?

— Ora, se. É comigo mesma. Mas me diga mais, e a redondeza? Calma, agito, à noite? Me ilumine, dia e noite?

— Local tranquilíssimo; sem barulho, segurança absoluta, que nem as pensões de minha juventude: estritamente familiar. Quieto. Olhando para cima, vê-se o Cristo, e pela manhã, se ouve o chilrear dos pássaros.

— E à noite, o Dona Marta, com suas balas traçantes, certo?

— Certo, mas bem ao longe. Afinal, estamos no Rio de Janeiro, capital do Iraque. Sem problemas por aqui, a distância é suficiente para que reine a paz.

— Comércio?

— Tudo, do bom e do melhor. Um verdadeiro bairro, como não se faz mais hoje em dia. Tudo o que necessitar e mais alguma coisa. E à noite, pra quem quiser, ainda tem o bochincho na Cobal, o *point* do Polo Gastronômico de Botafogo. É a um passo daqui, mas não se ouve nada. É sopa no mel...

— Já eu, preferiria Mimosa!

— *New Yorker*?

— Também; mas me realizo mesmo é no circuito Elizabeth Arden.

— Londres, Paris, Nova York. Sabe das coisas!

— Você não gosta?

— Não gosto de gostar tanto: tem sempre a viagem de volta! Uma tristeza! Mas um dia, chego lá, e perco o caminho da roça. Sei que mereço, Deus está vendo tudo, só que não toma as devidas providências. Oremos, pois.

— Pois é, a gente é sempre credora das bênçãos divinas, difíceis de baixar; só não quero é ter que cobrar Dele pessoalmente!

— Que nada, aqui se faz, aqui se paga e aqui se pega. Você mesma disse, ainda há pouco, que o que vale é o aqui e agora. Eu, de minha parte, aproveito cada minuto, do dia e da noite. Praia, trabalho, cinema, teatro, os melhores restaurantes, viagens, fins de semana; e pelo que estou sentindo, você também se posiciona bem diante de nosso tempo.

— E detrás também. Mas, e a visita? Como podemos marcá-la? Aí continuamos o papo, assaz agradável e instigante. Prefiro pessoalmente, muito tempo ao telefone me dá um pequeno zumbido no ouvido, só num deles, deve ser interferência eletrônica, sabe como é, não?

— Ora, se não sei! Essa tecnologia atual ainda não se adaptou perfeitamente ao ser humano; é difícil, mas eles um dia chegam lá. Façamos o seguinte: sábado, às dezesseis horas, te espero, está bem?

— Perfeito, me aguarde!

Intervalo

Sempre fora assim, desde a adolescência. E não seria agora, nesta altura do campeonato, que iria mudar. Diante de uma situação inusitada, ou de possíveis resultados promissores, pro bem ou pro mal — "é agora ou nunca!" — ficava ultra-ansioso. Dormia mal na véspera, se é que dormia; criava todo um teatrinho perturbando o pensamento, com mil diálogos imaginados — "se ele disser isso, eu digo aquilo"; "com calma, não se afobe, sem brigas"; "calma, o importante é não perder o foco"; "claro, você tem razão, porém, quem sabe..."

Ficava pronto muito tempo antes da hora, "e esse tempo que não passa!" Assim, calculadamente, uma hora antes, por via das dúvidas, tomou uma pilulinha azul e partiu para a guerra, "Seja o que Deus quiser, e se não quiser, eu ajudo Ele! Afinal, do que vem por aí... de corretagem, Ele não entende, e o resto, não lhe faz gosto."

2º Tempo

— Boas-tardes! Uma avó moderna, ao seu dispor. Desculpe a antecipação, mas estava ansiosa para ver o imóvel e o móvel, não necessariamente nesta ordem...

— Uau! Vamos entrar, teje a cômodo, é um prazer!

— Não decepcionei, pois não?

— De jeito e maneira, muito pelo contrário! Não acredito na ansiedade porque desde ontem ela está comigo, já estamos íntimos. Mas, então, foi fácil chegar aqui, não? O que achou do entorno? Agradável, não lhe parece? É ultrassilencioso, tranquilo, bem frequentado, sem favela visível. Meio-paraíso, em se tratando de Rio.

— Gostei, gostei muito. Mas vamos ver a casa logo. Me guie, sou toda olhos, ouvidos e tudo o mais.

— Antes, um brinde à nossa iminente viagem.

— Ora, que sugestivo... Mimosas! Está me ganhando. Isso não é conversa de corretor para engambelar comprador, ou é?

— Que isso?! Apenas singelos votos de sucesso, para ambos, seja lá que objetivos nos imponhamos, daqui pra frente.

— E pra trás. Hum... uma delícia; quem fez?

— Euzinho, receita original.

— Então vamos logo, depois repetimos.

— Vamos, ops!, desculpe o encontrão, machucou?

— Não foi nada, a escada é apertada pra dois. Com o tempo a gente se acostuma.

— Então, sala, lavabo...

— Bonito, muito bom gosto.

— Cozinha, veja só: uma profusão de armários, área de serviço, dependências de empregada — de pouco uso, hoje em dia, elas ganharam independência, né?

— Preconceituoso! Politicamente incorreto!

— Politicamente, e *otras cositas más*! Agora, a parte íntima. Da casa! Dois quartos com armários e um banheiro completo. Mais armários. E aqui, a suíte master: quarto, closet e banheiro, com vista indevassável para aquele jardim. Não acha um charme?

— Ora, se é. Pelo visto, um ambiente romântico e atrevido. Ainda bem que as paredes não falam, senão, o quanto se saberia sobre o passado de uns e outros, hein?

— Já devem ter te dito que tens uns olhos lindos, não? Brilho intenso, mais até: falam.

— Falam e ouvem. Por eles vejo tudo, ouço tudo, capto tudo. Um perigo, para os mal-intencionados.

— Dependendo do que seja má-intenção.

— É verdade, há muito boas más-intenções. É uma questão de perspectiva, do ponto de fuga; melhor, sem fuga.

— No terceiro andar, mais uma sala, onde eu tinha o som, a TV, o DVD, enfim, o maior lazer; e o terraço, dá pra uma piscina, ou um ofurô.

— Faz mais meu gênero. Em noite de lua cheia, então!

— Agora vamos lá embaixo: no nível da garagem, temos um escritório e duas vagas, na escritura.

— Sim, vamos, mas gostaria de ver a suíte antes, mais uma vez. Senti um astral, uma sensação altamente positiva lá. Promete. Gostaria de absorvê-la, para poder transmitir para a minha filha.

— Com todo prazer. Aproveito a pausa no *sightseeing* e vou buscar mais duas Mimosas. Topas?

— Como não? Bebo, sim.

— Me aguarde.

— Venha logo!

Resultado final

Mais uma vez, ainda que nem de longe viessem a perceber, ambos causariam reboliço e estresse junto à família. A de cada um, individualizadas; conjunta, somente a reação inicial:

— Tá ficando impossível, desse jeito vamos ter que internar. Vive aprontando. Onde será que se meteu agora?

Mas desta vez, a preocupação começou tarde da noite, atravessou-a inteira, e vários dias após, só justificada quando um antigo vizinho estranhou as janelas abertas e um mau odor vindo da casa. Telefonou, alertando a família dele; a dela, foi a policia quem avisou.

Sobre a cama de casal, único móvel que ainda não havia sido retirado da casa, jaziam dois corpos: um casal, certamente septuagenários, camisa e blusa semidespidas, botões rasgados, como em qualquer primeiro encontro incontrolável num filme qualquer de Angelina Jolie e Brad Pitt. No chão, duas taças vazias do que se identificou ser Mimosa — o *drink* preferido por onze entre dez *New Yorkers*.

— Segundo o legista, o dela fulminante, e o dele, o segundo.

— Foi a idade que derrubou os coroas?

— Foi. Nada que não pudessem fazer, mas com parcimônia. Foi o ímpeto, a sofreguidão, coisas da juventude... Terminamos.

— Tadinhos!

— Nada, cara. Vamos tomar um chope, em homenagem à gloriosa morte em serviço; devem estar olhando aqui pra baixo, cheios de si, sorriso nos lábios. Com certeza!

Deu no que deu

As horas são treze. O dia, lindo. Copacabana. O sol intenso brilha esplendoroso num céu azul, limpo, radiante; ou assim imagino, porque nem dá pra olhar. Só perceber.

Do chão sobe um calor — bota calor nisso! — que faz tremelicar as imagens; parece emanar por alguma fresta da capa de asfalto que protege o Inferno do vulgo copacabanense: nas calçadas, o trombadinha, o sem-teto, o camelô, os bombeiros-eletricistas, chaveiros, recepcionistas de restaurante a quilo, os banhistas, os surfistas e policiais, em ronda, porque não há mais babás pra namorar nas pracinhas — e nem pracinhas.

Tirando os buracos das ruas no asfalto escaldante, o resto, por incrível que pareça, não é culpa do prefeito. Então, botar a culpa em quem? Fácil: nos trópicos sem verde, nos pombais de concreto, no buraco na camada de ozônio. É Copacabana!

Assim, mas vale a pena, a turistada sexual que o diga: dos italianos espalhafatosos e seus cabelos louros tingidos aos soldados afrodescendentes de folga do Iraque, sem esquecer os alemães carecas, pançudos, rosados e chopudos. Todos carregam seus núbios troféus a tiracolo, cursos de intercâmbio e *intercourse* na língua inglesa: Copa também é cultura.

Dentro do restaurante — especializado em pratos light e comida natural, a estranha moda dos anos 1960/70 que pegou, mesmo brindando seus vendedores e adeptos com a aparência mais antinatural da Terra: cinzentos, sem viço, doentios, mesmo — ele acabara de selecionar os itens de uma bela salada — tudo fresco, natural, saudável mesmo —, quando olhando em frente, através do grande painel de vidro que alcançava a fachada inteira, reparou no casal sentado na mesa da calçada.

Ele, o externo — jovem, mas bastante nada: cabelo cortado sem estilo, bermuda bege, camisa branca de bolso e mangas, óculos de aros tudo, menos *fashion* — percorria meticulosamente o cardápio. Ela, cabelos longos e lisos — omita-se a cor para não fazer juízo precoce da jovem —, belas pernas cruzadas que balançava sem parar, impaciente — "aposto que insatisfeita, esse aí não dá conta do recado", filosofava o interno, quando percebeu, surpreso, que ela seguidamente olhava para ele, o de dentro, passava a mão nos cabelos, sensualmente, e até a língua nos lábios, e o olhar?! Caraca!

À primeira reação de espanto seguiu-se o aprumar-se, a pose, a permanente disposição masculina de reconhecer-se atração irresistível para o sexo oposto, e a partida para o jogo da sedução: olhares mais incisivos, um significado de fácil percepção até para as louras — ops!, desculpem a indiscrição. Atrevida, ela continua, olha para ele, balança a cabeça, quase sinalizando com as mãos. Ele — "abusada, a garota!" — diminui a discrição; alguns vizinhos o olham — inquieto o rapaz...; e somente ele, concentrado, não se dá conta do movimento do "trouxa" de fora, que se levanta e adentra o salão, em direção ao toalete, e dá de cara com a cena completa: ele acenando, ela virando a cabeça, umedecendo os lábios.

Como na saborosa canção popular, o pau comeu na casa de Noca!:

— Qualé?

— Qualé o quê?

— Tá mexendo com a minha mulher, ô safado?!

— Ela é que tá mexendo comigo, pô!

— Você é um babaca!

— Babaca é você, piloto de teco-teco, dono de Boeing! — e por aí foram, mantidos separados aos primeiros empurrões pela sempre salvadora turma do deixa disso.

O incrível é que durante todo o barraco ela não se abalara, continuara o gestual erótico-sensual, convidativo, prometedor. Segundo uns — os mais jovens —, o maior desrespeito com seu par; segundo os mais velhos, ridículo!

O fato é que, com toda aquela luz intensa lá fora, o vidro virava um formidável e irresistível espelho: o que mais quereria uma mulher, com cabelo de qualquer cor, para se admirar, afirmar-se sensual e bela, exercitar para si mesma suas manhas feminis?! À vontade, sem nada ver do interior da loja... E pelo lado de dentro, quase sequer se via o vidro, muito menos seu efeito especular no exterior, uma questão de ótica e sexo.

Deu no que deu.

CINEMA DE RUA

Décadas de 1950 e 60. Século passado. Tempos áureos de cinema e adolescência. De bom mesmo, no fim de semana, era o que havia; e cinema, o de rua: nada de shoppings, kinoplex, cineplex, e outros plexes que tais.

Os grandes e tradicionais cinemas de rua — com plateia e balcão — já se foram, tragados, ou pela especulação imobiliária, ou pela subdivisão em salas menores — mais opções de filmes no mesmo espaço e com um só projecionista, por razões de mercado —, e com isso a importância de "ir ao Cinema" perdeu a maiúscula: virou um programinha corriqueiro, digestivo ou aperitivo, antes ou depois de encher a pança.

Nas lápides, saudades imorredouras dos Metros, Roxy, Rian, Art-Palácio, Astória, Imperator, etc., etc.

Nas salas 1, 2, 3, 4, 5, a imagem e o som são infinitamente melhores: Dolbys, Surrounds e outros mistérios da tecnologia; mas... onde a decoração *art decô*, a cambiante iluminação colorida, que nem nos *States*? Que foi feito da preparação física e psicológica necessária para se "ir ao cinema", tipo "a sessão vai começar!"? A programação mudou muito. Começava-se, antigamente, com as Atualidades Cinematográficas, onde se tomava conhecimento das novidades mundo afora, com respeitável atraso, é verdade: mais ou menos dois anos após uma Copa do Mundo, o filme oficial estreava nas telas, sem televisão, sem computador. Tempo real só nos "seriados" de Flash Gordon.

Em seguida, um "desenho animado" — Pato Donald, Mickey ou Tom e Jerry —, curto, veloz e violento, antes do "trailer" da próxima atração, que iniciava o processo de ansiedade para a sessão do fim de semana seguinte (se as notas, na escola, não fossem ruins).

E, então... o filme! Grandes romances, gloriosos épicos — de guerra ou cowboys —, com grandes artistas, nossos ídolos e modelos na época, belos, ascéticos, parecendo ter acabado de sair do banho, mesmo após a louca corrida atrás do bandido para salvar a mocinha. E, detalhes: o galã, irresistível e másculo, fumava um cigarro atrás do outro, e não lhe caía o chapéu, em circunstância alguma; mulheres irresistíveis mostravam os "ombros desnudos"; levantavam, sensualmente, a sobrancelha, em mistério e promessas, e fumavam com longas piteiras. Uma glória!

Como o preconceituoso politicamente correto não havia sido inventado, os preconceitos estabelecidos ajudavam a definir os personagens de nossos dramas: o bom sempre triunfava sobre o mau, inclusive com respeito à higiene, pois barba por fazer e suor só aos maus elementos era permitido; os filmes de guerra, claros e objetivos, não deixavam margem a dúvidas, nem comportavam dramas psicológicos: os japoneses eram o demônio pintado de amarelo.

Sobre os nazistas, pouco se mostrava então: sua insanidade somente viria à tona bastante tempo depois, estranho, isso, mas à época, quem se importaria? Essencial era ir ao cinema no fim de semana.

As luzes se apagavam diminuindo lentamente, enquanto os cigarros iam sendo acendidos celeremente. Era apropriado afirmar a masculinidade no escurinho do cinema, o estado elevado de galã, fumando abraçado à namoradinha; e, caso se conseguisse, com a maior de todas as proezas: o beijo de língua!!, a ser contado, recontado e exagerado na escola, na segunda-feira seguinte — um beijo de atrapalhar o trânsito, porque tantos e quantos mal percebiam o final da sessão, com os olhos fechados, assim é que se faz!, impedindo a livre saída dos que tinham assistido ao filme e não tinham tido sucesso equivalente em suas trajetórias amorosas. Tudo isso, sem atrito ou problema: a gente espera, e até se diverte com o susto, a falta de jeito dos *latin lovers*.

Encerrando a programação da semana, Cirandinha, Sorveteria Americana ou Bob's, para um milk-shake ou Banana Split; ou ainda, para os menos abastados, um picolé Kibon: o tempo era de mesadas, ninguém trabalhava. E depois, para casa, que amanhã tem aula!

Nem tudo era inocente e cor de rosa. A coisa às vezes ficava preta, mas sem grandes intenções; havia quem fosse ao cinema, grupos inteiros, para descontar a frustração pela falta de uma namorada, cuja presença sempre exigia respeito. Do escuro do balcão, jogavam baratas — vivas — sobre a plateia, espalhavam barbantinhos mal-cheirosos pela sala e, o grande lance: de repente, um deles se levantava — geralmente o mais forte — passando a mão na cabeça e olhando para trás, ao mesmo tempo em que o espectador imediatamente à sua frente, na cabeça do qual ele acabara de acertar uma meia-laranja, descascada e chupada, se revoltava, à procura do culpado:

— Quem foi? Que absurdo! — ambos recriminavam, enquanto os outros mal continham o riso. Menos mal, eram esses os adolescentes marginais naqueles tempos.

Melhoraram as opções cinematográficas, os roteiros, a cor, a luz, o som, a técnica e os efeitos especiais; o conforto e a segurança, também. Até o Cinema Nacional melhorou.

Mas pioraram a educação, o comportamento e o palavreado próprio de adolescentes. Como males maiores no cinema, surgiram os sacos de pipoca e os pacotinhos de amendoim, degustados em plena sessão. A revolução sexual colidiu, frontalmente, com o ato de se ver um bom filme: seria preferível que não transassem em casa e continuassem se engolindo aos beijos, no escurinho do cinema. Sem conversa, sem pipoca ou amendoim, não fariam tanto barulho assim.

Não dá para frear a evolução do mercado, é irreversível. A maioria dos cinemas de rua nem existe mais. Restaram as lembranças, as boas, claro. Parece até saudosismo. E é. Mas não é bom?! Tal qual a adolescência era...

Boa-noite, até logo

Reza a lenda, de fundo marqueteiro e oriunda dos áureos tempos da febre psicoterapêutica dos anos 1960 e 70, que entre as quatro paredes do sacrossanto santuário freudiano — mais conhecido como consultório, pelos simples mortais — não há o que não se revele; e que o Mais Que Perfeito — com maiúsculas, como Deus —, a postura zen e o olhar transcendente, physique du rôle essencial para a época, é treinado para não permitir relacionamentos afetuosos, quiçá amorosos, entre o santo e a pecadora. Menos, muito menos, por favor!

Claro que nem todos pulavam a cerca da dimensão humana. Uns, por convicção e princípios — os havia, sim senhor! —, outros, porque as condições físicas não mais permitiam e, outros ainda, porque nem todas valiam a pena. E mais: porque casos havia em que, certamente por Castigo Divino (o Eterno concorrente!), santo e pecadora acabavam se casando, no que recomeçava tudo, uma potencial cliente para um colega e problemas na testa para o reincidente.

Se considerarmos como romance aquilo que aconteceu, duzentas gramas se devem ao que foi dito acima e o resto, bem, o resto é o resto, mas não menos importante; para alguns, infame, mas não tanto quanto a introdução da história, que serviu para desabafar o que, de início, foi por nós preconceituado. Nós, quem? Eu, é claro. Quem mais? E chega, vamos aos fatos como eles ocorreram, ou melhor, como devem ter ocorrido.

Tudo começou com a maçã, sabemos; mas aqui, com uma garagem vertical em Copacabana, das poucas com elevador e plataforma circular giratória, um sucesso imobiliário de época que até hoje faz com que os passantes parem ao ver o carro girar, apontando para a saída, com o motorista sentado ao volante, lembrando os bons tempos de carrossel de parque de diversões, abobados o rodante e os passantes — parados na direção do carro, só podia ser, vão ter que correr:

— Boa-noite, até logo — diz quem está de saída para quem ainda aguarda o seu veículo, em palavras balbuciadas, ou acenos, ou meneios de cabeça ou a mão na aba do chapéu, mesmo não se usando mais chapéu, um espetáculo performático. Dir-se-ia que já quase se estabelecera um ritual: por volta das sete, ele chegava, e ela já lá estava, era dela o carro seguinte. Os olhares se encontravam, enquanto sorrisos discretos movimentavam os lábios:

— Boa-noite.

— Boa-noite.

Ela era uma bela mulher, loura, cabelos longos, um belo perfil, de beleza clássica; olhar inteligente nos olhos com brilho, um sorriso meigo ao cumprimentar. Vestia-se com apuro; na maior parte das vezes, um terninho claro, eventualmente, branco, bem cortado, impecável. Devia estar nos gloriosos quarenta.

Ele, sempre de roupa esporte, ou, como dizem os convites modernos, esporte fino — seja lá o que isto quer dizer —, pasta executiva de design avançado, um bom porte considerando a idade — que o cabelo branco, principiando célere a abandonar-lhe a testa, denunciava. Educado, fino, cumprimentava-a discretamente, não sem aquele olhar cintilante que acomete todo adolescente de sessenta anos ao atentar para uma bela mulher; como ela era, já disse, pois não? Muito justo, então, que se sentisse atraído.

Nunca haviam conversado: "Acho o olhar dela receptivo; mas, bobagem, deve ser para todos." Há muito ele queria tentar, naqueles poucos minutos, uma frase rápida, um dito ou observação inocentes, descompromissados, mas que pudessem ser um ponto de partida. "Nada agressivo, cuidado, vai que é casada, pode dar merda!"

Mas não era seu estilo. Nunca tivera a coragem de tomar iniciativa, mesmo quando era adolescente, em plena explosão testosterônica. Fazia pose, gênero, rodava, rodeava; e acabava que o lado feminino sempre partia para o ataque. "Fui pioneiro pró-emancipação das mulheres, agora é hora de colher os louros, melhor, a loura, é isso aí!"

Já ela, aparentava não estar nem um pouco interessada. "Pelo jeito, olhar, porte e mistério, aposto que é da área Psi. É toda pose, faz parte do jogo, ainda não tirou o uniforme de psicóloga. Mas de amanhã não passa, me aguarde! Pela primeira vez na vida, antes tarde do que nunca, e nunca, na minha idade, é logo, já."

No dia seguinte, vestindo a melhor fatiota — nossa! ainda há quem use esse termo! —, chegou até mais cedo, numa ansiedade de principiante. "Hoje ela sorriu mais abertamente, acho que me fiz notar."

— Oi, você, desculpe aí o você, viu que seu carro está arranhado do lado de cá? — arriscou, finalmente, quando o carro já estava pronto para sair.

— Não, não vi, deixe-me ver.

Ela desceu tranquila, "acho que está fazendo gênero", a voz modulada e suave, mesmo diante de tal notícia, nada agradável, deu-lhe a certeza, "é psi, posa como ungida pelos deuses, tá difícil de aterrissar."

— De fato, que pena! — foi o simples comentário dela. "É um pouco demais, soa falso; qualquer um se aborreceria, e muito! No mínimo um bom e sonoro palavrão!"

— A senhora me permite uma pergunta? Mera curiosidade de colega de garagem. — Ela arregalou um pouco os olhos, "um espanto agradável ou reação negativa, posta em defesa?"

— Como não, com todo prazer, afinal nos vemos tanto, essa cena muda diária fica assaz artificial. "Cena Muda, revista de cinema dos anos 40, mas não é do tempo dela! Tá mostrando cultura ou me chamando de velho? Mas concentra-te, volta ao assunto que ela, parece, mordeu a isca, garotão!"

— É que com todo esse tempo de coincidência de horário, e com sua reação, hoje, ao arranhão no carro, formei uma ideia, a qual, não me leve a mal, gostaria de confirmar, pois uma de minhas manias de velho é descobrir, somente pela observação, que tipo de ocupação tal e qual pessoa exerce.

— Velho, que isso?! No meu caso, o que você acha? "Ponto pra mim, ela está entrando no jogo."

— Pra mim, por seu apuro no vestir, seu perfil clássico e olhar perscrutador, mas ao mesmo tempo transcendente, e mais a postura zen, a senhora...

— Chame-me você.

— Você é da área psi, psicóloga ou psicanalista. Errei? "Já vi que não, pelo sorriso e brilho nos olhos, aliás um tesão!"

— Não, acertou. — "ela gostou, levou numa boa!"

— Bem, então boa-noite, até amanhã, a esta mesma hora e sob o mesmo patrocínio! "Sorriu, fui-lhe simpático."

— Até amanhã, nos vemos! — "eu devia ter continuado, não, é melhor assim, não muito afoito, senão assusta."

O tempo e a constância dos encontros foram ficando cada vez mais demorados, os papos mais extensos, variados e exploradores da selva de cada um que além de atrapalhar o trânsito, à saída da garagem, os levou a se tornarem bem próximos.

Ela, de fato psicóloga da PUC, uma filha adolescente, também estudante de psicologia na PUC, divorciada — a mãe, não a filha:

— Não, não me casei novamente, melhor sozinha, *libertas quae sera tamen*, você não acha? — "Olha só, ainda traça um latim!"

— Olha, admiro quem pensa assim e o consegue. Não que eu seja contra o casamento, afinal, sou casado há mais de quarenta anos, e com a mesma mulher; mas devo reconhecer que sua opção é tentadora, deve tornar muito mais leve o dia-a-dia; e o noite-a-noite, principalmente... — "Esse sorriso maroto já disse tudo, ela tá a fim!"

Ele, na faixa dos sessenta — pra mais, bem mais —, decorador de sucesso no Casa Cor, bem-falante, bem-humorado, a postura e a atitude ambíguas — o que deixava as clientes encantadas e desarmadas, e os maridos tranquilos; ainda mais sendo casado, com filhos, um pequeno mistério: um *plus* na relação "*darling*, queridinha!"

Como em roteiro de novela das oito, acabaram se frequentando no consultório dela, protegidos pelo sigilo profissional e pela discrição cavalheiresca dele, mas não o suficiente para evitar alguns fuxicos, que, como de praxe lhe inflavam o ego masculino.

— Nunca vi a doutora assim, tão leve, tão legal comigo! — era o comentário com as colegas, ao telefone, de Suellen — "com dois eles" —, fiel atendente, tantos anos de "quem deseja?" e "vamos estar marcando uma consulta..."

"O cara deve tar ruim pra caramba, vem todo dia, lá pelas cinco, é sempre o último paciente! Caso interessante, a doutora fica ansiosa até que ele chegue. Nunca saíram antes de mim, sempre cumpro o meu horário e eles continuam aí. Isso é que é caso brabo!", eram assim os comentários, acompanhados de um sorriso matreiro e uma entonação sussurrada, principalmente quando ela falava, pelo telefone, com Lou Andreas, "a filha da doutora, eta nome esquisito!, vai ser doutora também. Se ela ficar com o consultório e eu junto, vou querer aumento, tenho muito mais experiência do que ela! Lidar com esses malucos não é mole, não! Essas madame têm tudo e nunca estão *sastifeitas*!"

Durou mais de ano.

— Mamãe estava obcecada, se tornando um prato cheio para ela mesma. Não admitia autoanálise e, querendo preservar seus segredos a todo custo, já estava apelando para livros de autoajuda. Em segredo, estava perdendo o rumo.

— Olha, você está tornando as coisas cada vez mais difíceis. Assim, não há relacionamento que resista. Eu tenho sido constante e coerente, querida, tenho os mesmos sentimentos que nos reuniu e você está caminhando para destruir tudo. E em nome do quê? De uma fidelidade em um relacionamento que, você sabe, sempre soube, eu nunca disse nada diferente: não é possível.

Ele ainda teorizava, defendia um "relacionamento sustentável" — expressão polivalente, muito em voga — que, se assumido com a razão no lugar da emoção, incontrolável, desestabilizadora, predominantemente feminil, poderia durar por muito tempo, não digo para sempre, que isso não existe...

— Você tá querendo terminar, acabar tudo? É isso? — "Terminar, acabar, é o caralho! A coisa tá feia, essa mulher tá a beira de um colapso" — Você pensa que o quê? Que eu sou o quê? Descartável, usa e joga fora? — "É melhor parar por aqui, deixar a maré baixar, senão vira um tsunami..."

— Querida, assim não dá pra conversar. Melhor eu ir embora, você esfria a cuca, toma um lexotan qualquer, tem uma noite bem dormida, amanhã a gente se fala.

— Vai embora porra nenhuma! Não dá pra conversar, é? Então dá pra quê? Pra eu dar pra você, é só pra isso que dá? Olha aqui, seu merda, é melhor acabar mesmo. É o que você tá querendo, é isso, né, e não tem coragem, é um frouxo e tá me induzindo! Pois muito bem, vamos acabar sim, mas quem vai acabar sou eu, de uma vez por todas e agora!

— Peraí, você...

Tudo isso veio à tona no diário da doutora, meticulosamente registrado, com todos os detalhes, não deixando espaço em branco, nem nas folhas, nem nas margens, com escritos circulares em torno do texto principal; um registro compulsivo, como se ela o quisesse para posterior estudo ou testemunho, até o último momento, ou uma catarse irreprimível. Fora entregue à filha, no dia seguinte à última altercação entre os dois.

Suellen, como fazia todos os dias pela manhã, foi arrumar e xeretar a mesa da doutora, arejar a sala.

— Puta que o pariu, que quié isso, minha Nossa Senhora! — Correu para o telefone e, a duras penas, conseguiu ligar para a polícia: — Depressa, pelo amor de Deus, aconteceu uma desgraça! Moço, vem logo, eu não tenho nada com isso, sou só a enfermeira, ai meu Deus, vai sobrar pra mim!!

A polícia, eficiente, chegou logo. Depois de algumas perguntas, do que foi possível se fazer entender pela enfermeira, à beira de um colapso nervoso, fez o levantamento do local: a doutora sentada em sua poltrona de trabalho, tombada sobre a mesa, a cabeça sobre um diário; na altura do coração, um tiro à queima-roupa, a blusa ensanguentada, o braço pendendo, a pistola ainda na mão, com vestígios de pólvora. Sentado e adernado, no sofá, jazia um homem, também morto, atingido na testa por um tiro certeiro, à distância, do tipo "entre os olhos" que é pra não dar chance ao alvo.

O caso, com uma rápida leitura do diário, tinha ficado claro, esclarecido e encerrado: — Ah, se todos os casos fossem assim! Crime passional, seguido de suicídio. Façam a ocorrência, identifiquem as vítimas, chamem o rabecão, avisem às famílias e bola pra frente. Vambora, fica um aqui, o resto vem comigo. Na delegacia a gente formaliza e encerra o caso.

No dia seguinte, os jornais não publicaram uma nota sequer: as famílias tinham conseguido sustar o sensacionalismo dos plantonistas de polícia. Sete dias depois, um bloco, na página de avisos fúnebres do principal diário da cidade, convocava: "O Clube Paulista de Caça e Pesca convida parentes e amigos para a Missa de Sétimo Dia que manda rezar em memória de sua saudosa Campeã de Tiro ao Alvo de 1960, Ana Paula Salomé, na Igreja da Matriz, etc., etc."

Que coisa! Que desconhecida se esconde por atrás de uma bela mulher, loura, cabelos longos, um belo perfil, de beleza clássica! Tivesse ele sabido, talvez passasse ao largo, teria ficado no "Boa-noite, até logo"... Já no consultório, nem tudo se revela: ela ter mantido este segredo, nem o velho Sig explica. E agora é tarde.

Na garagem, o elevador ainda sobe e desce. A plataforma continua seu giro e os proprietários dos carros, seus "Boa-noite, até logo"...

CALAFRIO

O bairro, Botafogo — mais precisamente, Largo dos Leões, onde, há muito, quando ainda existia, o bonde 10 fazia a volta —, se confundia em seus limites com o Humaitá; em outra época, concentrava casas e mansões de figuras representativas da melhor sociedade, política, intelectual e financeira: Ruy Barbosa, os Melo Franco, os Nabuco, e as grandes embaixadas — Portugal e Grã Bretanha —, tudo muito bem arborizado. Mas, como seria de se esperar, quase tudo sucumbira diante da especulação imobiliária e da desenfreada favelização do Rio de Janeiro, salvo a casa de Ruy, a embaixada inglesa e a vista do Cristo, encarapitado no Corcovado, além de algumas vilas residenciais.

Uma das vinte e quatro casas da vila — tranquila, silenciosa, hoje chamada de condomínio horizontal —, onde vivia um aprendiz de baterista já adiantado em seus estudos, graças a Deus, estava à venda.

Trinta e dois anos haviam se passado. Ele e ela tinham sido, afinal, felizes, com todas as marchas e contramarchas que a felicidade contempla; por lá haviam crescido e se formado um casal de filhos e quatro netos, estes em períodos memoráveis de férias: em casa da vovó, tem coisa melhor?!

Os vizinhos, em retrospecto, haviam proporcionado um rico e variado desfile de tipos, personagens e acontecimentos que nunca deixava as preocupações sociais das comadres caírem no tédio. Por lá passaram: o síndico que pagava serviços não realizados; a família que nunca deveria ter saído de onde viera; o adolescente que, na falta de verba paterna, chupava gasolina do carro mais próximo; o casal fogoso, que ignorava que com luz por trás, mesmo com a persiana baixada, tudo se via; o proprietário moralista, pego na cama com a empregada doméstica; o advogado prepotente, dono das leis e da ordem e senhor dos discursos nas assembleias do condomínio — onde todos reclamam, mas ninguém quer o cargo de síndico; o psicanalista galanteador; os conjuntos musicais; os grupos teatrais; os condôminos que namoravam entre si; os maridos estrangeiros — maus exemplos do lar — ajudando, lavando, limpando e cozinhando, uma agressão ao machismo nacional. E aconteceram: barbeiragens na garagem; obras e mais obras, com a serra circular perturbando a tarde de sábado; e festas, muitas festas, de crianças, adultos e idosos, com a música — quero dizer, o som da garotada — alta, muito alta, até que alguém reclamasse e ninguém se incomodasse com isso.

Ou seja, igual como sempre foi e sempre há de ser, em qualquer lugar onde habitam mais de dois; só que, lá, sem grandes conflitos ou desentendimentos definitivos: na paz, sob os braços abertos do Cristo — meio que reclamando dos tiroteios no Dona Marta.

Os cômodos da casa, de quatro andares, haviam crescido demais, agora que os filhos, com seus respectivos filhos, haviam seguido seus caminhos, e o espaço entre as juntas das pernas começavam a diminuir e a ranger, mesmo com todo Pilates e malhação. A ideia era vender, passar adiante — para alguém com melhor disposição alpinística — e mudar para uma moradia menor, em plano único. Era essa a decisão final.

Vários corretores, entre empresas e autônomos, foram contatados; todos falantes, muito falantes, prometendo rápidos e excelentes resultados; e os porteiros também, sempre atentos aos passantes, à procura de imóvel no bairro e alérgicos a corretor. Para os proprietários, o plantão em casa aos sábados e domingos: sem programas temporariamente.

— Doutor, tem quatro pessoas aqui fora, querem ver a casa, pode deixar entrar? — liga o porteiro pelo interfone.

— Tudo bem, daqui a dez minutos, só o tempo de dar um jeito, acender as luzes — foi a resposta, esperançosa mais uma vez.

Saíram em disparada, ele e ela, acendendo todas as lâmpadas (fica mais claro, mais acolhedor!), recolhendo peças de vestuário espalhadas pela casa, afinal, ontem fora sábado... Pronto, desta vez vai: pensamento positivo!

— Boa-tarde, podem entrar. Muito prazer! Estejam à vontade.

Entraram os quatro ao mesmo tempo: três adolescentes — dois rapazes e uma moça — se empurrando para passar pela porta e um sujeito mais velho, tipo nordestino, pele tisnada, bigodinho fino, quem sabe um tio ou preceptor; cumprimentou o casal com um leve movimento de cabeça, olhos muito brilhantes e um sorriso nos lábios. — Benedito Nonato d'Oliveira, seu criado. Muito prazer, podemos iniciar? Nosso clã é dinâmico, não podemos perder tempo. *Time is business.*

À medida que os seis subiam os vários lances de escada, apertada demais para todos de uma vez, os ritmos de cada um iam mudando — uns ficando para trás, outros muito à frente, entrando e saindo pelos cômodos à vista dos proprietários; entre os adolescentes, chamativos variados, risadas e assobios ressoando pela casa — o casal se preocupando, mais ainda com os primeiros ruídos de queda de objetos, de vidro se quebrando: um copo? O espelho? Que isso?!

Cada um foi para um andar, de cômodo em cômodo, se cruzando, procurando entender e se entender com os adolescentes — enquanto Benedito Nonato d'Oliveira, seu criado, ria —, que, a esta altura, pulavam nas camas, corriam envolvidos em lençóis, jogavam roupas e objetos para o alto sem apará-los na queda; a TV começou a funcionar, em alto som, e um deles a cantar, enquanto outro gritava — Pega! Pega! — quando ela passou correndo. — Cadê o pai deles? — às gargalhadas — Chamou, boneca? — perguntou o mais velho.

Ele corria atrás de um, tropeçando em roupas, pulando móveis derrubados; caiu, tentou se refazer — não é mais uma criança, já tem setenta —, o som da TV cada vez mais alto. Já não havia meio de saber quem estava aonde. O caos se instalara.

Os vizinhos, assustados, olhavam por trás das persianas fechadas enquanto o porteiro tentava entrar; Benedito, o líder, barrava a porta com um móvel e arremessava o que alcançasse pela janela.

— Chama a polícia! — gritou ele para o porteiro, enquanto se atracava com um dos moleques, muito mais forte do que ele, e rolavam para o chão.

Ouviram os silvos de dois apitos — A polícia? Já? — "Polícia não usa apito!", foi o que lhe passou pela cabeça, pouco antes de irromperem, abruptamente, pela porta principal, dois homens fortes, excepcionalmente fortes, vestidos de branco; traziam bordado, sobre o bolso do jaleco, o nome de tradicional Casa de Saúde Mental do bairro.

Avançaram sobre os quatro visitantes, que aos gritos e risadas tentavam escapar, pulando a janela, se atracando com os enfermeiros. Em meio a tal confusão — Calma, moço, não torce o braço da menina — diz ela. — Não esquenta, madame, essa aí é a pior de todos, vem cá, seu Bené, vai ver o que é bom pra tosse — chegam correndo o porteiro e dois policiais; agora, enfim, os cinco conseguem restabelecer a ordem. Todos se entreolham ofegantes, enquanto Benedito Nonato d'Oliveira, desgrenhado, bigodinho fino, olhos muito brilhantes, sorri.

— Falta um — diz um dos enfermeiros.

— Deve ter pulado o muro; depois a gente pega ele, por ora levamos estes.

Confabulam com os policiais e saem arrastando os três, conduzidos muito a contragosto, não sem antes uns adeusinhos por parte dos adolescentes e um olhar sedutor de Bené para ela:

— *Bye!*

O casal de proprietários, ainda meio atônito na semidestruída propriedade, se refaz aos poucos; percorre a casa com os policiais, é necessário um levantamento dos prejuízos para um Boletim de Ocorrência, que será apresentado ao Seguro.

— Eu não entendo, nunca poderia imaginar uma coisa dessas — diz ela.

— Minha senhora, não é a primeira vez. Maluco é o que não falta naquela casa de saúde, que, aliás, deveria se chamar "casa de falta de saúde" — diz um dos policiais, rindo de sua inteligente observação, o que eles menos queriam ouvir àquela hora.

— Bom, tudo certo, muito grato, os senhores foram ótimos, muito eficientes, aqui um agrado para vocês, uma cervejinha, mas só depois do expediente, hein!

— Que isso, doutor, não precisava — diz um deles, guardando o agrado no bolso.

Ficaram sozinhos, os ombros caídos, um olhar de desalento — perdidos em quatro andares de bagunça, ela levantando objetos, verificando estragos, ele tentando recolocar os móveis nos devidos lugares:

— Vamos lá, pro segundo andar. — Igual ao primeiro e, certamente, ao terceiro e quarto. O quarto espelhado já não o era mais; se assustaram com as imagens refletidas no que restava do cristal na parede.

— Espero que não tenham encontrado as joias; essa tua mania de não ter cofre, guardar tudo nos armários...

Há um momento em que escutam um ruído ritmado. Abafado. Entreolham-se; visam o armário do quarto. Ouvidos aguçados, o som ritmado repete o nome dela, sussurrado, mas aumentando o tom.

Um calafrio lhes perpassa todo o corpo. Seus olhos refletem o medo, terror mesmo, àquela altura dos acontecimentos. Ele pega o abajur de aço recém-consertado, e já quebrado outra vez; olha-o com ironia e se aproxima da porta, origem daquele chamado: "Filho da puta, agora você vai ver!", pensa, e começa a abrir a porta lentamente, o corpo retesado, tentando dominar o medo. Chegou a hora da verdade.

Uma sombra começa a crescer por detrás dele, ela vê, a porta se abre: ninguém aparece.

— Cuidado! — grita ela, à beira do histerismo.

Ele se vira, o abajur lhe cai da mão e a sombra se materializa, enorme, cabelos desgrenhados, olhos esbugalhados, mãos em garra. Avança sobre ele e, entre sons guturais, um líquido quente o atinge, viscoso, escorrendo pelo corpo; ele grita, tão alto quanto...

— Amor, calma, calma!

— Ahn, cadê, cadê?

— Senta, meu bem, já acabou. Toma um gole d'água, respira fundo.

Arfando, empapado de suor, pegajoso, ele se senta. Bebe um copo inteiro.

— Meu bem, eu não te disse que vender apartamento era estressante? Melhor tomar um Lexotan, senão não vai conseguir dormir outra vez e amanhã temos mais gente pra ver a casa.

Estroboscópio

do GREGO: *stróbos + scop + io*
do AURÉLIO: dispositivo destinado à iluminação ou à observação periódica de um sistema vibrante, e com o auxílio do qual se podem reconhecer diferentes características do movimento.

Então: em se tratando de botecos, não adianta, solidão é pra curtir solo; papo há dois e *la nave va*.

Boteco que é boteco não se impõe, não pressiona, não perturba o tempo do cliente: o tempo do cliente é o dele, sorria e sirva. Quando chamado, de preferência... E com isso, prática das mais usuais e saudáveis, sem efeitos colaterais nem sequelas futuras, é a observação dos outros, claro; mas não sei por que, a gente acha que a nós ninguém fica observando.Os personagens estão lá, e o texto, em função do barulho, o mais das vezes não escutamos, as expressões e gesticulações nos bastam: o enredo é todo nosso.

A cada um, segundo a sua necessidade; de cada um, segundo a sua imaginação; é de Karl Marx ou dos Irmãos Marx? Sei lá: já estou na terceira taça de vinho.

A discussão vai aumentando. Ela, com gestos firmes, mas não menos charmosos; ele começa a gritar, está perdendo o controle, é evidente. Coitado! Não sei quem está com a razão, mas a inclinação em princípio, meio e fim, é por ela; afinal, além de tudo, o decote prenuncia seios tão lindos!

Mais uma taça de vinho e volta a razão, retorna a lembrança: lá em casa, nesses pormenores, ou melhor, pormaiores, é como cantava Sinead O'Connor, em seu maior sucesso: "Nothing compares to you", ah, quanta cultura! E diversificada! Deve ser isso que me faz pesar o bestunto... Os dois nem esquentam lugar, expressões sérias, com os olhares fuzilam um ao outro:

— A conta! Pra mim chega! Não dá nem pra começar!

O boteco está cheio, é sexta à noite, a partida da maratona etílica já foi dada: ainda tem sábado e domingo e já está bem animado. Para sair, há que se esgueirar entre mesas, cadeiras e bebuns, e aí se encostam um no outro, é inevitável e, consequência também inevitável, o intenso abraço, o beijo ardente: assim, ali, sem recato nem pudor, no meio de todo mundo — "Recato e pudor? O que é isso, ô coroa, nessa idade e nessa noite? Tá por fora..." — e está salva a noite. O desenlace foi adiado, virá, certamente, mas não hoje. Aproveitem.

Prosaico, mas de pitorescas consequências: dos aparelhos do sanitário masculino sempre retiram os registros d'água. A funcionalidade do gelo picado oferece muito mais, em se tratando de opções criativas:

— água corrente, permanentemente, nem precisa acionar o registro; mesmo porque, se não o tiraram, já o roubaram.

— mais barato do que o consumo de água corrente.

— oportunidade ímpar, para o frequentador, de exercitar seus dotes artísticos em desenhos derretíveis, com instrumental inusitado e de variados tamanhos.

Psicólogos creditam a esta oportunidade de manifestação sensório-espiritual o sempiterno ar de beatitude dos que de lá saem, de volta ao salão. Há controvérsias.

Sentada ao lado, ela o intimida e atrai; não tem mais de dezoito aninhos, mas age qual veterana aranha, com a mosca em sua teia.

Sorri encantadora, fala, gesticula, quase um balé: cabelo para um lado, para o outro, sorri mais e melhor e fala mais, olho no olho, brilhando, muito piscar, o rosto se aproxima, ele recua, não adianta, já está na rede.

A história sempre se repete; depois se complica, mas aí já
será tarde demais:

— Como mudou! Não é possível! Que que é isso!

Quer dizer: não muda nunca, a realidade é que é outra.
Não há mais show, dispensam-se as atrações; em vez de praticar,
discute-se a relação. "Cai na real, meu camaradinha!"

— Garçom, minha conta, por favor.

Por hoje.

***

Em solidão de boteco a fossa é mais rasa; o burburinho
fantasia vida inteligente em derredor, mesmo que se perceba, em
variadas direções, solidões coletivas e expectativas mil; e um res-
quício de filmes da Metro — quem sabe surja ali a alma irmã,
naquela entrada de causar torcicolo? —, vãs esperanças: nem o
Metro Copacabana resistiu ao tempo, que passa volúvel, desman-
chando estabelecidos, sem dó nem piedade.

Copacabana, princesinha do mar e rainha das solidões
ativas, dos que perderam o bonde das mudanças — econômicas,
afetivas e da idade; e, no entanto, recusam-se a desistir, seguem
em frente, carregando com olímpico espírito o seu passado —
sempre presente, contado e recontado —, vivendo o hoje e lu-
tando pelo amanhã, enquanto ainda estiverem fazendo sombra
no chão.

No Stambul — bom e tradicional restaurante árabe do
bairro, bem frequentado pelos Sós e por turistas que se aventu-
ram nesta mui charmosa cidade, entre um assalto e outro —, o
casal, mineiro (pelo erre e pelo sô!), ela bem mais jovem do que
ele e ambos mais jovens do que a figura local, que, — Posso me
sentar com vocês, muito prazer, bela noite, vocês são de onde? —
não para mais de falar, claro: nada melhor, para um Só, do que
ouvir o que se passa na mesa ao lado e, no momento certo, dar o
bote. É a companhia, o programa da noite.

— Vocês são jovens — ele nem tanto, mas um agradinho é
sempre bom para cativar o ouvinte —, já eu aqui, tenho uma vida

plena; tive meus amores, destruí corações, casei, sempre vivi em Copacabana. Nada me atrai no estrangeiro, aqui tem de tudo, e bem melhor, com o nosso jeitinho, sacomé?! Hoje, no momento, é verdade, estou sozinha, meu marido foi embora, mas ele não sabe o que tá perdendo, ou melhor, agora já deve estar sabendo, já lá se vão vinte anos, mas ele não tem peito de aceitar e voltar, pedindo para ficar, aliás, nem sei por onde ele anda, nem se está com alguém; se estiver, já deve estar arrependido, melhor do que tinha não vai arranjar. Vocês são jovens — Arnaldo! Mais um chope! —, aproveitem a vida, aliás, vocês são turistas, né? Que bom, gosto muito de viajar, de onde são, ah, de Minas, vocês já disseram; e lá, tem muito coroa disponível? E eles vêm muito para cá? Vocês não se importam que eu fume, se importam?

— Claro que não — ele responde, fingindo interesse na conversa, com a jovem mais constrangida do que nora em visita da sogra... e a feliz Só, um cigarro atrás do outro, falando sem parar e poluindo o ambiente: um ar de boate ao ar livre.

— Não, porque eu sou atualizada, vejo as notícias todo dia antes da novela das 9, aliás, está uma lindeza a Ana Paulo Arósio, vocês não acham? E não me aperto, sou aposentada, e ainda faço umas costuras e uns bordados que vendem como água numas feirinhas que eu conheço, não dependo de homem nenhum. Trago pra vocês verem amanhã, se vocês vierem aqui. Você precisa comprar uma blusinha pra essa teteia, que ela merece... Agora, vou te dizer, não sou nenhuma Gisele Bundchi, mas tenho o meu charme, anos de cancha, Copacabana me conhece. Tô esperando, como dizem por aí, meu príncipe encantado; não precisa ser nenhum Gianecchini, sei muito bem a quantas ando, mas tem que estar à altura de uma mulher como eu, com as minhas qualidades! — Arnaldo, traz mais um, meia pressão! — Já perguntei se a fumaça incomoda, já, ah, bom, onde é que eu estava, ah, sim, no príncipe encantado, não do Encantado, por favor, que classe a mamãe aqui tem de sobra, isso não se perde, nem com o tempo. Oh, ouça a voz da experiência, toma conta da sua mulherzinha, que bonita como ela é, vai ter um monte de gavião de olho, não liga não, querida, é brincadeira, nós de Copacabana somos assim mesmo, informais e alegres.

A moça, com um sorriso nos lábios, mais amarelo do que os dedos nicotínicos da Só Falante; ele, com uma expressão de atenção que, se fosse sincera, melhor seria mesmo se cuidar com os gaviões.

— Arnaldo, mais um chope, mas meia pressão, porra!

— Ué, vocês já vão? É cedo, toma mais um chope, a vida é bela, a noite é uma criança, mas eu entendo, fazem muito bem, vão pro hotel, né, seus assanhadinhos! Muito prazer, espero ver vocês mais vezes, ora, já vão amanhã, que pena; em todo o caso, se tiver algum amigo que queira ser feliz — desde que esteja à minha altura, não me venha com qualquer um — recomende-me a ele, já sabem onde me encontrar, sou muito popular aqui, como vocês já devem ter percebido, nunca estou sozinha. Tchau, um beijinho, querida, boa-noite, garanhão!

Foi no Belmonte, botequim de grife, muito em voga no Rio, que voltamos a cruzar, paralelamente, as solidões. Uma taça de vinho, meia porção de frango à passarinho e uma porção inteira de observação da sozisse dos outros. Em meio ao alarido reinante — o falar alto, bem coisa de brasileiro, cada mesa cobrindo a voz que vem da mesa ao lado, o tom se alteando e ao fim, ou melhor, o tempo todo, uma gritaria só, as conversas se perdendo, se esquecendo, mais pelo barulho do que pelo álcool —, ele sempre na mesma mesa, um chope, um maço de cigarros, o isqueiro; a mesma postura, porte elegante, semblante sério, um pouco sério demais para o ambiente, mas, enfim, cada Só o é como consegue ser; raramente um conhecido, um cumprimento. Companhia, então, nem pensar, imóvel, a não ser por se levantar para ir ao banheiro, com muita frequência que o chope assim o exige; a mesa fica vazia e a solidão permanece, mesmo quando o volta o Só. Especulando, poderia ser um chefe de seção, o funcionário público mais isolado em meio ao excessivo número de funcionários de uma seção, qualquer delas: sempre há um número excessivo sob seu comando.

E eis que, para surpresa e espanto geral, quer dizer, meu, quando entrei, certa noite, no Belmonte... não é que lá se encontra, naquela mesma mesa, o digno chefe de seção e, sentada à sua frente, ninguém mais ninguém menos do que ela, a dama do Stambul!

A noite e o bar nos reservam, como sempre, surpresas mís, assuntos variados, revistos e aumentados. E agora, o que iria rolar? Para um Só, um prato cheio: dispensa-se até o frango à passarinho, basta o vinho; e a atenção. À primeira vista, ele parece ter encontrado sua alma irmã, e ela, seu príncipe encantado, certamente à sua altura. Só nos resta observar, disfarçadamente, é claro, e fantasiar — caso os fatos escasseiem —, que é o que se espera de um aplicado Só.

Na primeira noite, sentaram-se um em frente ao outro; o ritual prosseguiu noite adentro, um chope, um cigarro, uma ida ao banheiro, um chope, um cigarro, outra ida ao banheiro, um diálogo entrecortado por vários silêncios, mas, enfim, diálogo; o chope reabastecido automaticamente pelos Arnaldos da casa — procedimento padrão —, nem precisa chamar.

Via-se nitidamente, ou assim se queria ver, as manobras de aproximação, de pesquisa, de conhecimento mais ou menos mútuo, mais ela do que ele: afinal, seria um homem à sua altura? Ele, exercendo o seu lado esfinge, mas tendo que falar alguma coisa, afinal, não estava mais só. Ou estava?

Na segunda noite, novo lance no tabuleiro: ela já se sentava ao lado dele, em duas mesas juntadas; o ritual ainda era o mesmo, mas algo já demonstrava que, talvez, não haviam nascido um para o outro. Lado a lado, ele só olhava para a frente; para ela, nunca, e falar, quase não falava; o que não importava muito, pois aos silêncios dele ela contrapunha as próprias palavras, falava sozinha, olhando, também, para a frente.

Estariam, ambos, se dirigindo para além de um presente que poderia assustá-los, solitários que eram?

Na terceira noite o ritual, que na segunda repetira a primeira, introduziu um fato novo, altamente preocupante para a relação e expectativas geradas: a cada visita dele ao banheiro, um cigarro passava de seu maço para o dela. Sua altura, tão autoa-pregoada pela dama no Stambul, não parecia ser tão alta assim, e mais: o grande Só não tinha o controle que se esperaria de um chefe de seção; afinal, a coisa toda prenunciava um relacionamen-to dos mais corriqueiros, para lá de comum: um contra o outro e Deus contra todos. Sem nenhum futuro.

Na quarta noite, ele estava na mesma mesa, um chope, um maço de cigarros, o isqueiro, a mesma postura, porte elegante, semblante sério, um pouco sério demais para o ambiente. Mas, novamente, só. Cada Só o é como a sorte lhe dita.

E a noite prossegue: revoltas, sabedorias, planos e viagens — com o pé na terra e oníricas. A cidade começa a recolher seus habitantes: nativos, moradores e turistas.

Amanhã começa tudo outra vez.

***

O impossível acontece. Muita gente acha que não, mas posso testemunhar que não só acontece, como aconteceu! Outros mais poderão pensar que se trata de exagero, que o caso carece de tal importância, e que, talvez, tome esta dimensão somente na mente enfumaçada do narrador.

Pra começar, é necessário situar, em qualquer história, de que ponto de vista ela é contada, e por quem. No caso presente, do ponto de vista de um boêmio contumaz, na prática de tudo a que tem direito; na cabeça, é bom que se diga, não há fumaça, de maneira alguma, mas muito chope, isso sim.

Nem poderia ser diferente, já que era frequentador do mes-mo boteco, por muitos anos, sempre nas mesmas noites, sempre em sua mesa cativa. Tal prática, assaz saudável, segundo a opinião do próprio, lhe permitia observar a fundo — até o décimo quar-to chope — os outros frequentadores, ser íntimo de seu garçom, e afirmar, com conhecimento de causa, que os acontecidos aqui narrados são verdades absolutas, pirandellianas, como tudo o que acontece em noite de boteco; dos bons.

Havíamos marcado mais uma noitada dedicada à salvação da espécie humana, com efeitos colaterais, como as soluções para o aquecimento global, última obsessão de Marcim, colega de profissão, braço e goela armados dos tradicionais botequineiros das Gerais. Não dava para afirmar quem levava vantagem sobre quem: se a capacidade de seu fígado para chope meia pressão ou da sua cabeça para ideias na pressão; daí se poderia prever uma noite de boteco na mais alta pressão. Isso, se tivesse acontecido.

Ao dobrar a esquina, já deu pra sentir o burburinho, dezenas de gentes e vozes na noite à distancia de um quarteirão, um mau pressentimento; e ainda pior a comprovação: em plena sexta-feira, noite estrelada em Copacabana — a Princesinha do Mar com o calor de sempre, salve a brisa marinha! —, o boteco estava fechado. Fechado! Uma tragédia.

Logo ao chegar deu pra ver o Marcim, ombros caídos, expressão desolada, encostado em seu possante Monza 91, calçada e meio da rua tomados por pequena multidão de órfãos — deserdados etílicos — e seus olhares inquiridores, as vozes murmuradas, comentários e incertezas de boca em boca:

— Mas não é possível! Não acredito! Logo hoje, na partida para a meia maratona etílica, percurso de sexta a domingo, como é de lei?

— Que que houve?

— E o primeiro gole, aquele que cai no único lugar do estomago não identificado, mas designado pelo Criador somente para receber o primeiro gole, quebrando os dentes de tão gelado, como é que fica?

— Quando? Onde?

Ficamos ali por um bom tempo, à procura, quem sabe, de uma informação plausível — justificável, jamais — que nos colocasse no rumo outra vez. Em plena sexta-feira!

Os mais disparatados e inventivos motivos eram sussurrados, como se o tom, abafado, avalizasse a informação. Das ameaças de bomba a homem-bomba, tráfico de escravas brancas, pretas, amarelas e mistas, a Receita Federal, uma CPI do chope (não te disse que eu estava achando o chope meio aguado?), Bin Laden, o efeito-estufa no lúpulo, a marquise caindo e outras coisas mais que a criatividade boemia é capaz de lucubrar no limiar de uma crise de abstinência, que só se acalma com um bom chope na pressão: estupidamente gelado, por favor!

Com a chegada de duas viaturas policiais e o firme bater de portas pelas autoridades, nos entreolhamos com o mesmo pensamento: neste Rio caudaloso de balas perdidas, o mais seguro é ficar longe da polícia. "Seja o que Deus quiser, pra não perder a viagem", e fomos para a outra esquina, para o campo do adversário, um outro bar, não o nosso boteco! O Gambrinus mandava mais alto, chope *uber alles!*

***

Na rotina botequinista sempre observamos o sexo oposto, sentado na mesa em frente, olhar em oposição ao das nossas intenções. Se contarem diferente, ou é mentira ou era dragão. Enquanto não entra aquela que será o milagre da noite — e que nunca entra, desde Casablanca —, o jeito é olhar o que temos à disposição, e que possa alimentar a nossa imaginação.

Aquele casal, estranhíssimo, era um dos observados há muito tempo; bem à minha direita, duas mesas adiante, toda noite, mas toda noite mesmo, comparecia: no mesmo horário, vestindo as mesmas roupas, com a mesma atitude.

Ele, alto, empertigado, num terno bem cortado — um tecido verde de gosto questionável —, gravata amarela; tinha a tez morena e os cabelos bem curtos, uma expressão inescrutável, olhos muito abertos sem brilho nenhum. Ela, bem mais baixa, magra, formas femininas discretas, loura e com pouca pintura no rosto; vestia sempre uns vestidos de fundo branco com folhas estampadas, num dia vermelhas, noutro verdes; sua expressão, mais ou menos alegre, aparentava ser um pouco forçada.

Aos sábados e domingos, o estilo esportivo facultava as calças jeans, ele de camisa social amarela, sem paletó nem gravata, ela de blusa de seda branca, com flores tropicais estampadas: num fim de semana vermelhas, noutro verdes.

Sentavam-se sempre um ao lado do outro, ele olhando a enorme coluna à sua frente e ela vislumbrando, curiosa, o resto do salão, por uma nesga entre a coluna e o balcão principal. Levantavam-se três vezes por noite para ir ao banheiro, e eram permanentemente reabastecidos com tulipas, sem pressão alguma.

Não falavam entre si, nem com a mesa ao lado, nem com os garçons: nem uma palavra, horas a fio, semanas, meses, nada. Ficavam ali, olhando para a frente de mãos entrelaçadas, até que ele acendesse um cigarro, desse uma tragada e o passasse para ela, que dava a sua e o devolvia, até terminar o cigarro. Voltavam ao chope, depois ao cigarro, o tempo todo. Parecia um ritual ensaiado, de cinema mudo.

À meia-noite, um sinal: a conta! Se levantavam e saíam, de braços dados, ainda e sempre sem dizer nada, nem obrigado, ou com licença, nem por aqui, desculpe, nada. No folclore do boteco já tinham sido batizados: eram o casal entra mudo e sai calado.

— Boa-noite, Everaldo. Salve um nordestino da seca, traz um na pressão, estupidamente gelado!

— É pra já, doutor. E seu Marcim, não vem hoje? Então, sem meia pressão!

— Vem nada! Tá em casa, abatido pelos documentários sobre o aquecimento global; além disso, ainda não se refez da catástrofe da última sexta. Tivemos que apelar para o inimigo ali da esquina.

— É doutor, foi brabo.

— Mas o que houve, afinal? Pra fechar numa sexta-feira, só em caso de morte!

— Mortes, doutor, mortes. Acertou na mosca.

— Peraí. Traz outro e conte tudo, não me esconda nada!

— É pra já — disse Everaldo, sabedor do drama que se abatera sobre a comunidade, equilibrando a bandeja no alto e o corpo entre cadeiras e as gesticulações inflamadas de etílicos anônimos. Logo, rápido e eficiente, estava de volta.

— Tô chegando! Vai mais um, na pressão! Pois é, o doutor sabe aquele casal, o entra mudo e sai calado? Então. Chegaram na sexta, na mesma hora de sempre, se sentaram, os chopes aparecendo e descendo e eles trocando lá os silêncios deles, como sempre. De repente, para surpresa e silêncio geral, ouviu-se uma voz horrível, esganiçada, uma punhalada no ouvido: "Não aguento mais!"

— Era ela, doutor. Ninguém nunca ouvira a mulher falar até aquele momento. Ele nem se mexeu, nem era com ele. "Não aguento mais", ela repetiu pouco depois, num tom bem mais alto. Aí, ninguém já prestava atenção em mais nada, afinal era uma coisa nova, na noite e no boteco. Alguns silêncios depois, ele falou: "Cala essa tua boca, porra, eu também não aguento e tô me aguentando." Doutor, ele nem olhou pra ela, o que também não era novidade; e ela nem olhou pra ele.

— Eu não aguento mais! Mais! Mais!

— Cala a boca, já te disse, porra! Vou ao banheiro.

— Vai e vê se some por lá!

— Deixa comigo!

— Ah, doutor. O bate-boca, inda mais vindo de quem vinha, já tomava conta da casa, incomodando todo mundo, todos mudos. Aí, como sempre, na maior tranquilidade, calado, cabeça erguida, ele se levantou e foi ao banheiro, a pausa que o chope exigia e pausa aqui, que vou reforçar a bandeja.

Devia ter sido um acontecimento surreal, pensava eu, quando Everaldo voltou, distribuindo tulipas pelo caminho.

— Táqui, mais um, estalando, no capricho! Mas, então. Como eu tava falando, quando ele voltou e se sentou, quieto, na dele, ela não aliviou: "Ué, voltou? Num guenta, né? Vai ver quer que eu vá embora, né? E vai vim correndo atrás, logo, logo, seu de nada!"

— Doutor: ele se levantou, arrumou a gravata, o paletó, todo mundo quieto, só olhando para ver o que ia acontecer, desabotoou o paletó na calma de sempre, um lorde. Puxou um 38, doutor, e queimou ela, ali, na cara de todo mundo. Uns se abaixaram, outros tentaram se afastar, derrubaram cadeiras, caíram com cadeira e tudo, chope pra todo lado. Calmamente, sem choro nem riso, a mesma cara de sempre, abotoou o paletó novamente e deu um tiro na própria cabeça; caiu por cima dela. Tavam juntos de novo, como sempre, na mesma mesa. Mudos e calados.

— Rapaz, que confa! Aí todo mundo foi embora, não?

— Na hora. Ficamos só os funcionários e os dois pombinhos abatidos. A gente baixou as portas e chamou a polícia, que só liberou a casa às cinco da manhã de sábado.

— Pô, que acontecimento! Sabe que eu estava achando algo esquisito no ar e não sabia o quê? É a mesa deles, tá pesando, de tão vazia!

— Doutor, o senhor quer saber de uma coisa? A gente até que tá sentindo falta do silêncio deles ! Sem eles não é a mesma coisa...

***

Noites passadas, ligo pro Marcim, coisas de trabalho. Do boteco mesmo, nosso escritório, assim chamado:

— Cara, você não vai acreditar! Que sensação esquisita, sabe quem estava ao meu lado, no banheiro, olhando firme para os azulejos? O defunto, cara, nem mais nem menos, só nós dois, lado a lado. Nem olhou pro lado, só pra parede e pro próprio equipamento; nem desconfia que está morto e que fomos nós. Fiquei, por um instante, mais gelado que o gelo do mictório.

— Pois é, voltou pra mesa, tá lá de mãozinha dada com ela, que também não sabe de nada; morreram e esqueceram de deitar.

— Ah, sei lá, o que que a gente pode fazer?!

— Não, pra falar com eles não dá, nem pensar; não conheço eles e eles não falam, já esqueceu?

— Tá legal, vamos pensar e amanhã a gente conversa. Everaldo, manda mais um! Na pressão!

***

— Alô, sou eu, claro que tô aqui! Você não vem hoje? Outra vez, cara? Não sei como você aguenta tanto aquecimento global... Vai acabar torrando: ou a televisão ou o saco! Everaldo, *help*, traz mais um! Nos conformes!

— Tão, tão aí sim. E agora a presença deles tá me incomodando, e eu aguentando sozinho. Não foge não, a ideia também foi tua.

— Não sei, realmente não sei o que fazer. O que que você acha?

— Tá maluco? De verdade? Você pirou de vez com esse aquecimento global, eu te avisei.

— Só se você assumir. Não conheço ninguém com essa profissão; lá em Minas não tem uns jagunços, não? Teu velho não vive num sítio, fora da cidade? É capaz de por lá, quem sabe? Pergunta!

— O que você vai dizer pro velho? Sei lá, pô, o velho é teu.

— Não, para, vamos raciocinar, Everaldo! Mais um! Você acredita em milagre?

— Frei Galvão não era mineiro? Não?

— É. Também concordo, seria um final meio que evangélico, e eles ainda teriam que parar de beber, o que seria, convenhamos, uma heresia para o boteco. Mas o fato é que eles estão aí, não ligam a mínima pro que aconteceu. Estou nos achando, intelectualmente, desconsiderados.

— Só se a gente desencarnar. Fica o dito pelo não dito, o escrito pelo apagado. Acho que não vão sentir nossa falta, não, só o Everaldo.

— No inimigo. Ainda vai dar para vê-los passando pela esquina, mortos-vivos; sem nos comprometer.

— Combinado, então, amanhã. Às nove. Com ou sem aquecimento global!

***

— Quem é vivo sempre aparece! E aí, doutor? Seu Marcim, quié que houve que os senhores não têm vindo? Faz uma semana que não aparecem!

— Pois é, Everaldo, a coisa ficou mal. Vê dois aí, um na pressão e outro na meia.

— Eu te falei, Joca, essa porra de vinho tinto nacional, com frango à passarinho e queijo coalho... não podia mesmo dar certo.

— Mas também, duas garrafas! Pra bebedor de chope é o mesmo que atear fogo às vestes... O pior é que nem lembro como cheguei em casa.

— A cabeça doeu a semana inteira. Martelando. E eu ainda querendo lembrar o tema dos nossos debates, e nada, não houve jeito.

— Que tinha aquecimento global, tenho certeza.

— Não enche, porra!

— Não esquenta, rapaz, o que passou é passado. O importante é a continuidade do nosso pensamento sócio-etílico! E também a isenta observação dos circunstantes, numa visão sociopolítica segundo a ótica judaico-cristã...

— Você já notou aquele casal, ali, naquela mesa à direita? Não são esquisitos?

— Eu acho. E acho até que não é a primeira vez que eles vêm aqui; nem que a gente nota eles.

— Olha lá, o cara levantando pra ir ao banheiro; saca só a elegância dele!

— Eu vou também, pra dar uma assuntada nas circunstâncias do ir e vir. Depois te conto. Vê se saca ela! E pede mais dois. O meu na pressão!

***

— Mas afinal, o que você achou? — Achar, achar, ainda não achei. Mas continuo procurando. A estrutura até que deu pra entender, três cortes epistemológicos, com o perdão da má palavra; uma realidade real, uma criação não controlada e uma respeitável ressaca, ou seja, sei não... O problema maior é que a gente é personagem, portanto, acabamos tendo vida própria a despeito da nossa vontade, dá pra entender?

— Não, claro que não. Acho que a coisa só vai clarear quando o Everaldo aparecer. Everaldo, *plizzz*...

— Um na, e outro na meia, certo?

— É isso aí, garoto.

— A grande questão lítero-existencial, em se nos tratando como nós mesmos, é que quem leu e achou alguma coisa, ou emitiu algum juízo, conhece os personagens, o que interfere diretamente na apreciação isenta, se é que isso é mesmo possível. Raciocinando: se você conhece um Zeca... e lê, em qualquer escrito, sobre um Zeca qualquer, esse Zeca virá, fatalmente, sobrecarregado com a personalidade do conhecido, pelo menos inicialmente, independentemente de terem algo em comum; daí, quem nos leu já nos viu com meia pressão, por isso é mais concreto ser um personagem abstrato.

— Peraí, para e pensa: por esse caminho, vamos acabar inevitavelmente em Freud, o que seria uma grande falta de originalidade. Prefiro considerar os eventos e as evidências sob a ótica da física quântica. Você recebeu o PowerPoint que te mandei?

— Aleluia, irmão, recebi! E fiquei muito satisfeito com o teu flagrante desaquecimento global, agora, vem cá, quânticamente falando: pra fazer um PowerPoint enorme daqueles, com um texto do qual não entendi a metade, só pra provar que o ser humano, em querendo, pode andar sobre as águas... só pode ser falta de... bem, deixa pra lá, isso é problema dela.

— Você não acredita? Precisa ler mais, já te falei, ver o filme...

— Já vi, e também não entendi, dormi na metade, o que, aliás, foi ótimo, pois há muito tempo não dormia tão cedo. Agora, a propósito de andar sobre as águas, prefiro a História, que tudo conta e nada esconde, é só saber lê-la. O último que disse que andou foi renegado três vezes por seu mais fiel escudeiro, isso, fora os que se afogaram. Nunca foi perdoado por não ter ensinado o caminho das pedras; se tivessem filmado, passaria na TV como pegadinha, mas não existindo TV ainda, passou por milagre mesmo.

— Mas hoje você não está com uma cara muito boa. Isso é por não entender a física quântica? Pergunta que eu explico.

— Nada disso. O Einstein também não estava conseguindo entender, não é uma boa companhia? A propósito da cara, fica

tranquilo que não é cara, é saco! É que me lembrei de minha ida
à Prefeitura, tentando aprovar o projeto daquele edifício que te
mostrei. Deixa eu te contar.

— Pra começar, cheguei ao meio-dia; o atendimento começava às onze e, obviamente, a autoridade responsável tinha ido
almoçar. "Sabe como é, de nada adianta, e nem é bom pra saúde,
se revoltar, reclamar, criar um caso, afinal somos todos seres humanos, temos que nos alimentar, não é mesmo, doutor?", filoso-
fou Dona Dulcineia, trinta e cinco anos de serviços prestados ao
serviço público.

— Fiquei sentado umas duas horas, mais ou menos, o tempo de Dulcineia arrancar o resto do esmalte das unhas (que a
manicure é às quatro); comprar duas empadinhas — "tá servido,
doutor?" — de um dos vários ambulantes que perambulam por
todo o prédio sem crachá, já que é proibido o comércio em todas
as repartições municipais — "uma maldade, não acha doutor?";
vender para as colegas três blusinhas de linha rosa-choque que
a mãezinha faz em casa — "não é uma graça, doutor? Não quer
levar uma pra sua patroa? Tenho certeza de que ela vai gostar!";
e ouvir as expectativas dos dedicados funcionários de carreira
sobre os aumentos merecidos, prometidos, mas não sacramenta-
dos; sobre o acontecido com o Antenor, aquele do terceiro andar
— "quem poderia adivinhar?"; e passando, naturalmente, pela
novela das oito — "tá um arraso, não acha, Vandoca? O senhor
não ouve, não é doutor? O senhor não sabe o que está perdendo,
pergunte à sua senhora!

— Às quatorze, chega o provecto e posudo chefe de gabinete: sorriso ensaiado, elegante, empertigado, bem vestido e bem
alimentado, meneia a cabeça para os presentes e entra na sala; de
notável, mesmo, o terno bem cortado e meio verde, de gosto mais
do que discutível. Não mais do que outra meia hora de espera e
Dona Dulcineia é instruída, pelo telefone, a fazer "as partes" —
como somos designados —, entrarem.

— Chegando a minha vez, entrei: uma sala meio decadente, o digníssimo sentado atrás de uma mesa enorme cheia de
processos adormecidos e, mais para o lado, a secretaria, uma lou-

rinha meio sem graça, folheando documentos e os distribuindo por outros processos. Fui direto ao assunto: já haviam se passado seis meses e nada de aprovarem o meu processo, já analisado em todas as instâncias e setores, eu necessitava dessa licença; para o cliente, era um caso de flagrante incompetência (minha!) e, agora, estava emperrado por causa da nova Portaria do Prefeito e do Secretario de Urbanismo.

— "Que portaria?"

— Aquela, proibindo projetar marquises porque caiu uma, numa reforma que estava sendo feita em Copacabana; então, o melhor é não permitir fazer marquise alguma, em qualquer edificação!

— Aí, tentei argumentar com a autoridade presente, usando todos os argumentos que, acreditava, poderiam fazê-lo entender os aspectos éticos e técnicos do caso; entre outros, os mais imediatos e simples, a interferência no livre direito de criação em um projeto, as qualidades e benefícios da existência de marquises para o cidadão e para a cidade como um todo.

— Parecia que eu falava com uma parede: ele não piscava, não movia um só músculo da face; quanto à secretaria, nem era com ela, nem um olhar, não esboçava a mínima curiosidade sobre o que ali se expunha. Ainda lhe disse, já meio exaltado, que dessa forma, se caísse um edifício — como já haviam caído alguns, pelos mais variados motivos —, nossas excelsas autoridades iriam baixar uma Portaria proibindo projetar edifícios! Sim, porque em meus cinquenta anos de profissão, não tinha presenciado vir à luz tão indiscutível besteira, só para figurar trabalho e providências.

— Com ideias deste teor, eles é que deviam estar internados.

— Ele não entendeu nada. Virou-se pra mim e pontificou: "O senhor está se excedendo! Há que respeitar nossos maiores! A lei deve ser cumprida, não vilipendiada!" — Como é que é?, perguntei, já começando a perder a esportiva, estou me excedendo? O ilustre já teve que trabalhar para receber o que lhe é necessário e devido? Sabe que existe vida inteligente para além desta Repartição?

— Nesta altura, a loura desbotada olhava para ele num misto de espanto e admiração, para ver qual seria a próxima atitude do grande chefe, que continuou, civicamente: "Meu senhor, cabe ao poder público zelar pelo bem estar da população; o seu processo está em fase de análise, à luz da legislação em vigor, doa a quem doer!"

— Então, virando-se para a secretária, passou-lhe o meu processo e determinou: "Encaminhe ao Departamento Técnico para estudo e considerações. Se levantou, me disse boa- tarde e esperou que eu me retirasse.

— E você fez o quê?

— E o que é que eu poderia fazer? Impotente, amigo, impotente! Qualquer atitude só iria exacerbar o zelo bitolado daquelas mediocridades, reflexo de seus superiores, técnicos e políticos. E se apelasse para a Justiça, neste país, perderia na certa, meu tempo, dinheiro e a questão, você bem sabe como é... ou não sabe? O que me deu vontade, mesmo, foi de matar aqueles dois. Dois ilustres nada, uma imagem bem verde e amarela, aquele terno dele e a cabeleira dela! Só posso estar com a cara que estou, e o melhor a fazer é encher a dita cuja! Everaldo!

***

— Melhorou? Ontem você estava ruim! Não que hoje esteja muito melhor, até pelo contrário, tá meio adernado. O que houve?

— Nada que já não tenha havido, sabe como é, cervical, lombar, próstata, pressão, chega ou quer mais? E você, novo em folha? Ou ainda anêmico e etílico? Faz tempo que não traz a física quântica a plenário, o que, em se tratando de Brasil, é bom para ela, senão logo se corrompe e entra para a base de sustentação do Governo. Tristeza?

— Pois é. Essa vida meio isolada da família é um pouco tediosa, mas, querer o quê? Os netos só têm futuro, nós só temos passado; os filhos riem de nossa surdez e ainda não nos escutam em nada, não têm nada a falar conosco e não aceitam o que falamos. Reclamar, quem há de? Éramos assim também, é só fazer um retrospecto, é a vida, meu caro, sem reclamação, *no stress*!

— Por falar nisso: roda um pouco mais pra lá, deixa eu comentar a sexta-feira, que confusão, não? Quando eu vinha chegando, tava aquele burburinho, a porta fechada e você paradão, vi logo que algo trágico havia acontecido; logo na hora do rush alimentar!

— Pois é. Mas o pior era a falta de informação. Afinal, parece que acharam uma chave sobressalente, mas o tumulto já estava formado, correria, todos querendo entrar, beber e comer e, mesmo assim, aqueles dois, o casal estranho, estava impassível, na mesma mesa, a de sempre; devem ser mais doentes do que aparentam.

— Com certeza.

— Tenho pra mim que aqueles dois, pra saírem dali, só matando!

— Bem pensado. No outro dia, você chegou mais tarde, os dois bateram boca, coisa rara, nunca tinha escutado, mas hoje já estão de mãozinha dada outra vez. Não sei como aguentam!

— Pela pose, ele deve ter sido milico ou funcionário público, general ou chefe de gabinete. Tá sempre esticado, parece um pau de bandeira, bandeira nacional, com aquele terno verde e a loura em volta dele. Da próxima vez que eu vir o Doutor, vou perguntar qual é a do casal; doutores adoram fofocas, dizem que é anamnésia; tá bem...

— Olha ele lá.

— Quem?

— O Doutor Geraldo. Lá está, se equilibrando entre o pessoal, cadeiras e mesas. Isso aqui tá sempre tumultuado, todo mundo falando e gesticulando ao mesmo tempo. Está vindo pra cá, em nossa direção, aproveita que a hora é essa, chama ele pra botar pressão em nossos papos!

— Everaldo!

***

— Alô, alô! Últimas notícias! Chegue-se, venha! 'Ocê não vai acreditar!

— O que houve, que excitação é essa? A essa hora! Te cuida senão ainda vais cair!

— Novidade abissal. Os corpos deram à praia!

— Ocê tá brincando! Já bebeu?

— Nada, eu vi.

— Mas não é possível. Já esqueceu o que houve? Não lembra mais?

— Eu vi. Sábado, na hora do almoço, no restaurante dos garçons de branco, aquele de que você tanto gosta, o centro gastronômico melhor do que o Centro Pompidou, segundo a sua ótica.

— E é perfeito mesmo; mas, então, fala. Faz de conta que estou acreditando.

— Eu estava sentado, esperando ser servido, quando, de repente, quem passa na minha frente? Ele. Com a mesma pose, o mesmo *aplomb*, parecendo ter vestido a camisa sem tirar do cabide. Estava — afinal era sábado — vestindo algo entre short e bermuda, verde, tamanho indefinível, camisa listrada de amarelo e branco e um pisante entre tênis, basquete e sapatênis, mais indefinível ainda: em tese, tênis marrom e meia preta, *disgusting*!

— E ela? Nada?

— Calma. Logo depois ela surgiu, também com um vestidinho meia-bomba, nem curto nem comprido, nem justo nem largo. Tecido leve, estampadinho de flores silvestres, vermelhas sobre fundo branco, marcando as curvas inexistentes de sua magreza sem graça.

— Mas como é possível? Você inventou, agora explica.

— Ué, nestes tempos temporais, tudo é possível... Transubstanciação, ou física quântica, pode escolher. Mas que vieram da praia, isso não tenho dúvidas. Queimadinhos, olhar de mormaço, se sentaram, lado a lado, um chope na frente e o olhar para a frente, manja? Catitos! E mergulharam *naquela* feijoada! Daquelas que derrubam qualquer projeto de transa sabática, se é que você ainda se lembra disso; daquelas de acordar com gosto de cabo de guarda-chuva na boca e um campanário no lugar da cabeça, ressaca que só o chope, estupidamente gelado, absolve.

— Ocê tá me gozando. Me chamou pra isso, pra vir com histórias do outro mundo? Não tem mais o que fazer?

— Calma, rapaz, *no stress*! Dir-te-ia que é um fato onírico, mas real; afinal, não vivemos todos no mesmo mundo? Neste mundo de Deus e do Diabo na terra do Sol?

— Olha, vou sair e entrar outra vez. Vou fingir que não percebi que hoje você resolveu mangar comigo. Melhor dar um *esc*, um *enter* e começar tudo de novo, mas direito. *All right*?

— Que isso! Já te falei, *no stress*, tá bom? É a melhor política, ainda mais em inglês, soa legal! Tempos de globalização... Veeenha!

— Melhor tomar alguma coisa, pra baixar a pressão!

— É pra já, 'xacomigo! Everaldo, *one plus, plizzz, on the pression* pra mim, e na *half pression* pro meu amigo aqui! Gostou, papudo?!

***

— E aí, rapaz, que dia hoje, hein!

— Que dia, não, *ques* dias! Gloriosos! Esses céus foram criados especialmente para o Rio de Janeiro. Grande Deus! Sabia das coisas! Pena que caiu em desuso, saiu de moda.

— É verdade. Pra mim, é Rio de Janeiro em maio, *April in Paris*, setembro na Europa e Veneza em qualquer época. Com uma prescrição dessas, eu também diria, como o velho Lima, do alto de seus oitenta e tantos anos, a cada consulta médica: "Já sei, doutor, desse jeito vou morrer com muita saúde!"

— Grande Lima! Esse sabe viver. Comete alguns equívocos, como você, por exemplo: nem sempre acontece o tal pai, tal filho, mas não se apoquente, a gente releva... Mas, conte lá, como foi o dia? Péra. Primeiro vamos pedir um *chopps*, como diria São Paulo, irritando o Mestre.

— Três, pra começar. O seu, sem colarinho nem pressão, certo?

— Pois é, tem dias que as coisas começam bem e acabam não tão bem. Até cheguei a ser indelicado com a minha secretária, coitada! Já tinha chegado meio de ovo virado no trabalho e não tive muita paciência pra ela; teve uma hora em que me deu vontade de matá-la. Estava por demais subserviente, parecia mulher-noiva, das antigas, é claro, que hoje não se noiva mais, se fica... fica... e vai ficando, e quando vai ver, já era: ficou de vez.

— Mas o que houve, pra começar tão cedo a aporrinhação?

— Então. Eu estava acordando, devagarinho, espreguiçando com garbo, curtindo aquela ereção matinal, como era comum antigamente pra todo mundo, não só pros viagreiros; era dia de faxineira, ela estava pra chegar e eu curtia os últimos instantes de sossego antes de me levantar, quando toca o interfone. Era o porteiro.

— Raimundo Nonato, doutor. Bom-dia! Tem uma moça aqui na portaria, por nome Sara Jane e vem a mando da Dilcleia, sua faxineira. Pode subir?

— Pode.

— Um instante depois, tocou a campainha; olhei pelo olho mágico e vi uma moça alta, morenaça, vestida moderninha. Abri prontamente a porta, mandei entrar, e não acreditei: pele queimada de sol, olhos verdes, saia curta, uma blusinha leve, branca, sem nada por baixo. Não era possível, só podia ser algum engano.

— A Dil teve que ir no SUS às quatro da manhã, pegar uma senha pra consultar o Junior, o filho dela, e me pediu que a substituísse na faxina, isso, se o senhor quiser, é claro.

— Mas, você... — ela me cortou, e com uma voz aveludada, continuou:

— Sei que pode parecer estranho, mas é que eu sou universitária; vim do Sul, estudo na PUC e tenho que fazer uns bicos pra me manter. Se o senhor não se importa...

— E eu lá iria me importar com os bicos que ela tinha que fazer, se os dos seios dela, rijos e intumescidos, vislumbrados por baixo da blusa fina, já me estavam perturbando? E pelo olhar dela, eu tinha certeza que ela percebia, e sorriu; de leve, mas sorriu. Só tive tempo de dizer: "Fique à vontade, o material está na área de serviço", e me mandei pro quarto, pois uma nova ereção já se anunciava, aleluia! Há quanto tempo ele não tinha tanto trabalho!

— Eu estava sentado na cama, calçando as meias, de ouvidos atentos aos barulhos na área, quando ela entrou no quarto, balde, panos, vassouras nas mãos e sorrindo, que sorriso!, me perguntando, quase um sussurro: "Devo começar por aqui? Lhe satisfaz?"

— Amigos, ela largou os apetrechos no canto e se chegou para a cama; tudo enrolado, esticou como pode e sentou-se ao meu lado, que perfume! Perturbado, deixei cair a meia e ela se abaixou para pegá-la, se apoiando na minha perna, na coxa, mais precisamente; devo ter feito algum movimento brusco, o que fez com que sua mão escorregasse e fosse de encontro à lança do guerreiro redivivo... e aí, meus caros, foi uma loucura! Foi um tal de arrancar a roupa um do outro, que nem no cinema, vocês já devem ter visto; e a partir daí, linda, maravilhosa, a pele lisa, as formas rijas, deusa do sexo, uma verdadeira atleta; pela primeira vez, dei graças a Deus por ter comprado um colchão *king size*, um Galeão praquele avião."

— Péra, peraí, mais três chopes urgente, por favor, é pra apagar um incêndio, Everaldo!

— Mas, que mais, que tais! Detalhes, muitos, todos!!!

— Tudo, amigos, tudo: o possível e o imaginável. Mãos de fada em toques sutis, alternando entre suaves e nervosos; a língua, ah!, a língua em ação, qual cobra, desgovernadamente orientada e exploradora, delicada, o que me induziu, na hora, à ilação da ideia da serpente no Paraíso, extraordinária, certamente divina, para o imaginário daquela gente tão primitiva.

— Naquela altura, o que não devia estar faltando no embate, no Paraíso ou aqui mesmo, era cobra, pois não?

— Pois é, as coisas se desenrolavam — nós nos enrolando — de forma aleatória; mas eu sentia um quê de experiência como nunca vira, mas sempre almejara, num momento um por cima do outro, noutro, o outro por cima do um. Quando dei por mim, estava dentro, muito dentro, um forno pulsante, ora por cima, ora

cavalgado por uma amazona muito louca, protuberâncias balou-
çantes, na medida: era dia e eu via estrelas! E os sons, meus caros,
os sons: wagnerianos, Cavalgada das Valquírias, atos III, I, II, sei
lá quantos... E num volteio mais elaborado, me encontrei fora; fui
por trás e minha solista, de quatro, entoando, suplicante: mete!
mete! *Allegro con fuoco*! *Maestoso*! Em meio do quase compasso
final, começo a escutar o som, em *vibrato*, de um oboé, alto, in-
sistente e fora do ritmo. Tento me concentrar, estou perdendo as
forças, há que colocar os instrumentos no lugar e em perfeita har-
monia, mas não é mais possível, o som rebelde aumenta, abro os
olhos — que não os sabia fechados — e, consciência, está tocando
o interfone. Pulo da cama, tropeço nos lençóis no chão, corro até
a sala e atendo:

— Raimundo Nonato, doutor. É a Dilcleia, sua faxineira, tá
aqui embaixo há um bocado de tempo. Toquei, toquei, o senhor
não atendeu, algum problema? Pode subir?

— Pode, porra! Pode.

— Meus amigos, fiquei muito puto com esse porteiro; há
muito que esses subalternos não aprendem que há que respeitar nossos (deles) maiores. Instantes depois, tocou a campainha,
olhei pelo olho mágico, era a faxineira. Mandei entrar, ela foi direto pra área de serviço e, eu, ainda perturbado, me vesti correndo, disse tchau e me mandei, pra não me aborrecer mais ainda; na
Repartição, lá, pelo menos, com as partes, eu podia me satisfazer,
voltar à minha plena integridade.

— Que foi isso, Raimundo? Quem deu essa porrada com
a porta?

— Foi o autoridade, Vandercleiton. Você precisava de ver, o
homem acordou de ovo virado! Todo elegante, com aquele terno
verde dele, passou sem nem me cumprimentar. Quem ele pensa
que é? Eu, hein! Tesconjuro!

***

E *la nave va*... O impossível acontece. Muita gente acha que
não, que só acontece com os outros, mas posso testemunhar que
não só acontece, como aconteceu!

— Quero lhe apresentar minha solidariedade, minha e de minha senhôra. Almejo que continue a lembrar-se de mim, como eu continuo a lembrar-me dele, se mais não posso gozar de seu trato pessoal — completou — cometendo um Machado de Assis, que lhe parecia o mais apropriado para o momento.

Cada vez mais desbotada essa loura, foi o único pensamento que me veio à cabeça, impróprio para a ocasião e diante daquele gesto, reconheço.

— Hoje é sexta-feira, hoje é sexta-feira... — rosnava o simpático cachorrinho salsicha, por nome Paraíso, esfregando-se de costas, que nem cobra, no fresco lajeado da varanda. — Uma sexta-feira trágica — complementava. Não sei se alguém mais escutou.

— Mas aconteceu como? Assim de repente? Estava mal?

— Nada, tinha saúde pra dar e vender, o que não teve tempo de fazer; partiu com crédito, sem tomar todos os chopes a que tinha direito, um desperdício!

— Pois é, eu estava gostando dele. Pena que pelo pouco tempo, me não tenha conhecido o suficiente — completou. Com certeza, lia Machado.

— Conheceu, mais do que você imagina! Pelo agora, você com esse terno verde, aqui, conosco, tenho certeza de que ele está rindo, um riso abafado, mas está.

À mesma hora de sempre, se levantaram para ir embora, de braços dados.

— Eu não aguento mais — me pareceu ouvi-la dizer, baixinho, mas não tenho certeza.

— Vem também? — perguntou.

— Não, obrigado, aguardo o amigo que sempre nos atendeu com presteza quando precisamos. Olha aí, lá vem ele, se equilibrando no meio do burburinho.

— Doutor Geraldo!

Quem diria...

— Eusébio, você viu o jornal hoje?

— Vi, que coisa, hein!

— Vixemaria, ainda bem que não sobrou nada pro nosso lado!

— Mas podia. Você bem que tinha uma quedinha por ele.

— Eu, hein! Sai pra lá.

— Não vem que não tem, vai querer me dizer que não o conhecia?

— Vá-se crer nas pessoas! É por isso que sou fiel apenas ao meu Lulu.

— E o filme, será que é toda essa Brastemp que tão falando?

— Sei lá, dizem que tem sexo a dar com o pau! Com o devido respeito, hehehe.

— Vixe! Ermelinda, aqui! Já cheguei há tempos, teu lugar na fila tá guardado.

— Olha aí, vai abrir. Hoje a bilheteira chegou na hora.

— Também, com essa cara de maus bofes, não deve ter ninguém que a prenda em casa.

— Essa já nasceu sogra!

— Ó aí, vam'andando, gente!

Embora a bilheteria abrisse, todos os dias, somente às 13h20, lá estavam eles curtindo uma boa fila, também todos os dias, desde as 12h20: os últimos autênticos fãs de cinema remanescentes. Nem aperitivo, nem digestivo: a Sétima Arte — como se dizia no tempo deles — como ponto principal da programação. Comer? Isso é outra história, ainda mais hoje, com dentaduras, mingaus, chá sem torradas e flatulências rebeldes e indisciplinadas. Naqueles tempos, os da mocidade, era o empurra-empurra na sala de espera, o piscar de olho atrevido, a mão que sem querer (pois sim!) encostava onde não devia (oh, desculpe!), até o estouro da boiada sala adentro, ao se abrirem as portas.

— Suely, cê lembra do aperto que era para entrar na plateia do Metro?

— Ah, se lembro! Não só lembro como não esqueço. Se ainda estiveres a fim...

— Hoje até que perdeu um pouco da graça com lugar marcado. Quer pipoca? Amendoim?

— Ainda não preciso.

— Anda, vai por ali que tá vazio, vai que é mole.

— Então não quero.

— Sua safadinha!

Na esquina oposta, movimentadíssima, típica do bairro — com banco, banca, restaurante a quilo, troca de bateria de relógio, frutas a dois real a dúzia e ponto de bicho —, em frente ao último cinema de rua, e talvez por isso mesmo, de um dia para o outro, ele apareceu e se estabeleceu.

Estatura mediana, forte, pele tisnada de frequentador de praia, cabelos levemente grisalhos, óculos sem aro — provavelmente de grau —, vestia-se todo de branco: calça, camisa de mangas curtas e sapatos impecavelmente brancos, pelo menos nos primeiros dias. Duas banquetas de plástico, também brancas, foram colocadas uma em frente à outra, e uma terceira, ao lado, para o instrumental: o medidor de pressão, um bloco de notas e uma caneta Montblanc — cuja estrela branca nunca se vira tão grande —, um estetoscópio e, encostado na parede, um cartazete que anunciava "medimos pressão, escutamos coração" — o que, prontamente, graças a um cinéfilo mais sociável, foi corrigido para auscultamos.

Na praia, em frente à barraca do Zé da Sardinha, era conhecido como Tió. Bom de onda, bom de frescobol, melhor ainda de papo. Sua turma, mais afeita ao sol e sal, acompanhava o progresso profissional do amigo, agora reverentemente gozado como Dr. Tió nas peladas, ou entre uma raquetada e outra.

A clientela crescia, fiel e constante. O relacionamento era franco e bem ao gosto dos pacientes: muita conversa, recomendações e sugestões terapêuticas exatamente do tipo que se queria ouvir naquela fase da vida. Com o tempo, passou a medir a glicose, aplicar injeção em domicilio, tudo o que aquele público queria, e a preços módicos, sem consulta agendada, sem necessidade de autorização de plano de saúde.

Havia, sempre a seu dispor, uma boa palavra, o ouvido bom e paciente, o conselho sábio — porque popular: tudo o que era necessário para mais um dia de merecido ócio e desconstrução do governo, qualquer um que fosse. Como já fazia parte do local, era figura popular, já merecia uma lembrança *Made in China* quando o Natal se aproximava. Um relacionamento recíproco, paciente-terapeuta, da melhor qualidade.

Um belo dia, assim como tinha aparecido, o Tió sumiu. Não veio, não se instalou em seu consultório, para estranheza geral:

— Será que ficou doente, logo ele?

Como, além de sua presença diária, nada dele se conhecia — onde morava, telefone, parentes, nada —, o jeito foi esperar, com muita ansiedade, muito comentário na fila, na banca, em toda a redondeza. Nenhuma informação.

Alguns pacientes passaram a ter problemas que não tinham quando de sua presença no local, mas o tempo continuou fluindo e se encarregou de fazer a esquina voltar a ser o que era. Os velhos continuaram velhos, a pressão com seus altos e baixos, apesar de bem menos controladas, já que agora restritas aos planos de saúde e SUS. Sobrevive-se. A fila, pontualmente, começava a se formar às 12h20.

— Mas rapaz, como é que ele dá uma bandeira dessas ? Tá lá na foto do Globo.

— E você queria o que, se era falcatrua? Eu sempre desconfiei que alguma coisa tava errada.

— Tá, tá bem. Ninguém sacou nada, era bom de papo, trabalhador, bem vestido, bem apessoado. Alguém ia desconfiar? Alguém quereria desconfiar? Ainda mais cobrando aqueles preços?

— Mas, afinal, como aconteceu? Hoje eu não comprei o jornal.

— Olha, ele levou no bico até a Saúde Pública, durante dois anos. Só foi desmascarado porque um professor de português, aposentado, lá do Encantado, não se conformou, achou que era demais, pesquisou, descobriu e denunciou. Olha só a foto, os dizeres da placa: Dr. Theodoro — Obstretiçia.

— Pomba, a especialidade errada e ainda com cedilha! Vacilou! E não teve o degas aqui pra corrigir; lembra quando ele chegou, o primeiro dia? "Escutamos coração?"

— Pois é, ele progredira mesmo. Além das medições e injeções, já tinha enfermeiras, tava até fabricando anjinhos. Era Doutor mesmo, lá no Encantado, de fino trato, a clínica botando gente pelo ladrão. Foi castigo! Sumiu daqui, largou pra lá os pacientes de primeira hora!

— Largou pra lá,não, largou pra cá... Graças a Deus, t'esconjuro.

— Vai pegar uns cinco anos de xilindró: quem não tem competência não se estabeleça.

— Sei não... Aqui, neste país? Com este governo?

— Quem diria!

Elementar, meu caro Jung, diria o velho Sig, Sherlock de Almas

— Putaquipariu! São 16h00 horas, estou aqui desde as 9, esperando os doutores da perícia! Muito prazer, senhores!

— Não enche o saco, ô meganha, a porra da viatura enguiçou duas vezes. Cadê a cena do crime?

— Na outra sala. A vítima é a que está deitada no chão.

— Não enche, seu babaca!

— Quando cheguei, o assassino estava deitado em cima da vítima, chorando; não via nem ouvia nada do que se passava à sua volta. A casa é dele. Não fugiu, ou porque estava paralisado ou porque não podia passar por esse bando de gente aí fora. Foi alguém da vizinhança que chamou a polícia.

— Você já levantou todos os nomes? Tem testemunhas?

— Testemunhas oculares, auriculares e de ouvir dizer. Já levantei tudo, Delegado, já decifrei tudo. Eu sou o Uecslei da Homicídios, policial investigativo, mais conhecido como Xerloqui.

— Tá, tá bom, e daí, o que você apurou?

— Bem, o nome dele é Rodrigo Silva, nome de rua; 35 anos, farmacêutico, dono da única farmácia aqui do bairro, filho de Agenor da Silva, paradeiro desconhecido, e de Lana Belizário da Silva, que está aí fora, na área de serviço, em estado de choque.

A vítima se chama, ou melhor, se chamava, Hana Girlman, 20 anos, filha de Benjamim Girlman e de Lana Girlman.

— E o motivo do crime, há alguma pista?

— Pista, Doutor? Já levantei uma estrada inteira, é o seguinte: a mãe do réu confesso, preso em flagrante delito, quando ele tinha 15 anos abandonou ele e o pai, o tal Agenor, e se mandou com um vizinho judeu, amigo do casal, um tal de Benjamim; parece que a partir daí o criminoso ficou um bocado grilado com os judeus, bem, o senhor sabe, com eles todo o cuidado é pouco, a gente sempre sai perdendo...

— Ô rapaz, se toca, ou quer entrar numa fria por discriminação?

— Não, não é isso, é o que as testemunhas me disseram, longe da minha pessoa, eu até conheço alguns que são muito boa gente, negócio de racismo não é comigo, doutor delegado, sou democrático e cristão.

— Bom, e daí, que mais você descobriu?

— Então. Há alguns anos, uns três mais ou menos, o criminoso se mudou para este bairro e abriu uma farmácia muito bem montada, a turma daqui gosta muito dele. Há dois anos conheceu a vítima, se tornaram namorados, desses de viver junto, e ia tudo muito bem até que ele descobriu que ela o traía com um funcionário da farmácia, o Samuel, um judeu, seu Delegado, veja só o que é o destino das criaturas de Deus. Os vizinhos ouviram uma gritaria, hoje cedo, "mais um judeu não, Lana".

— Meu nome é Hana Girlman, não sou Lana porra nenhuma, não guento mais, vou mimbora.

— Vai porra nenhuma, daqui você só sai morta! —, e mais barulho de coisa quebrando, mais gritos e depois, silêncio total. Quando cheguei, conforme já lhe relatei, ele estava abraçado à vítima, chorando e balbuciando: Lana, Lana, Lana!

— Peraí, rapaz, vamos esclarecer: Lana é o nome da mãe dele, Lana é o nome da mãe dela, Girlman é o sobrenome dela, vítima, e do tal de Benjamim, que fugiu com a mãe dele, não há contradições nas idades, ele chamava pela mãe no corpo assassinado da namorada, os amantes traidores da mesma origem, isto está me parecendo...

— Pois é, doutor, é isso aí: além do repeteco do drama, eles ainda eram irmãos e ele não tinha se tocado, até então.

— Mas tá na cara, como é que o infeliz não percebeu?

— Doutor, ele não ligou o nome à xoxota. O senhor sabe muito bem coméquié, quando a fome aperta, nêgo não olha o nome do restaurante, vai entrando; só depois se preocupa com o tipo e a especialidade da casa, mas aí já é tarde, já acostumou o paladar.

— Bom trabalho, Xerloqui; quero o relatório ainda hoje na minha mesa.

— Tudo bem, Delegado, se a viatura não enguiçar. Ô da perícia, coméquié, já acabou com essa fotografação aí?

— Não enche, seu babaca!

— Xerloqui, malandro. Xerloqui da Homicídios!

Onírico. Ou não.

Naquela tarde o ônibus, que costumava ser mais ou menos pontual, atrasava mais do que o habitual. Já estávamos no ponto, eu e minha nova namorada — conquista daquele dia —, há uns bons quarenta minutos, trocando carícias permitidas enquanto se espera a condução, quando, sem que percebêssemos de onde e como, juntaram-se a nós mais três pessoas: um senhor bem vestido, de terno e gravata, parecendo meio sonolento; um outro, meio desequilibrado, mal-entrajado, talvez um pouco embriagado; e uma senhora alta, magra, de porte elegante e muito bem vestida.

A mulher parecia não se incomodar com o calor sob a cobertura de vidro do ponto de ônibus, mas dava pra ver seu aparente nervosismo: fumava muito, um atrás do outro, tirando cigarro e isqueiro da grande bolsa de couro preto com aplicações de metal reluzentes que trazia à tiracolo e andava, alguns poucos passos, de um lado para o outro. Impaciente.

Tal plateia e movimentação, obviamente, inibiram nossa crescente intenção de despertar, sempre e mais, nossas libidos disponíveis; acreditei que talvez gentileza e espírito de solidariedade, naquele momento, fosse o que de melhor eu pudesse oferecer para admiração e encantamento à minha nova futura companheira, pelo que resolvi abordar, cavalheirescamente, a ansiosa senhora.

— Com licença, minha senhora, mas vejo que preocupação e angústia, se me não engano, estão lhe perturbando; há algo que eu possa fazer em seu auxílio?

— CÊPODIZEALEONARDO UMAMQJORGNÃVIRMAI-JÁSTÁRESOLVI NÃPOSSESPE MAITEMUIQFAZINDA —, disse ela, falando num tom bastante baixo, sem parar de andar.

Sem entender o que ela dissera, sem saber em que língua falara e já, sem perceber, a acompanhando no ir e vir, tentei novamente.

— Como, minha senhora? Queira desculpar-me, mas não estou entendendo.

— CÊPODIZEALEONARDO UMAMQJORGNÃVIR-MAIJÁSTÁRESOLVI NÃPOSSESPEMAITEMUIQFAZINDA — repetiu, a contragosto.

Além de cavalheiro, agora curioso, voltei à carga.

— Senhora, por favor, acalme-se e procure falar devagar, sem o que não conseguirei entendê-la e ajudar no que me for possível.

Ela parou, eu também, me dirigiu um olhar penetrante e falou, agora mais alto e de forma mais inteligível.

— VOCÊ PODE DIZER AO LEONARDO, UM AMIGO, QUE O JORGE NÃO VIRÁ MAIS...

— Agora sim, estou entendendo — interferi, com a intenção de acalmá-la. Pensei que a senhora estivesse falando inglês, que não domino bem, era muito rápido. E...?

— ...JÁ ESTÁ RESOLVIDO...

— Certo, a senhora marcou encontro aqui e ele não chegou ainda; os ônibus estão atrasados, nós também estamos esperando. Algo mais?

— ...NÃO POSSO ESPERAR MAIS, TENHO MUITO O QUE FAZER AINDA.

— Nós também, mas não aqui — não resisti à piadinha pensando desanuviar o ambiente, mas sem obter o mínimo efeito. Gente mal-humorada!

Seu olhar resoluto para o lado esquerdo me fez voltar a cabeça e ver que o ônibus finalmente se aproximava, rapidamente.

— Olha o cadarço do tênis, assim você vai cair — me disse meu novo amor.

— Gata, olhe o número, é todo branco, deve ser linha nova — lhe respondi, me abaixando para amarrá-lo.

Senti o movimento do ônibus parando, o abrir das portas, todos se mexendo, mas não conseguia pegar o cadarço.

— Tchau, tenho que ir. Até breve!

Levantei-me rapidamente, mas nem tanto — preciso me exercitar mais — que evitasse que eu ficasse sozinho naquele ponto, vendo o ônibus já incrivelmente distante, com todos dentro, inclusive minha mais recente namorada, que eu mal tentava ganhar e já tinha perdido. E eu nem sabia onde morava.

Era um belo fim de tarde de sábado, que prometera altas emoções. O que me restava, agora? Esperar o tal Leonardo. Afinal, eu é que tinha me oferecido, ninguém tinha me pedido coisa alguma; o jeito era aguentar, quem mandou se meter a cavaleiro andante, socorrendo a *milady* em apuros? E pensar que ela nem me agradeceu, e a outra... se mandou e me deixou a ver navios (ou ônibus, mais precisamente). É por essas e outras que se tornam cada vez mais raros os cavalheiros nesta cidade: nesta e noutras.

"Pô, e esse Leonardo que não chega?" "Já está escurecendo." "Chega, fui!"

Esta história onírica, ou não, acaba aqui.

"Ta legal! Eu hein! Coisa esquisita. Estranha, muito estranha..." dirão alguns, mas outros a prefeririam com princípio, meio e fim e, outros mais, talvez com transcendência, com perscrutar mentes e espíritos. Então. Para satisfação do leitor, objetivo final destes escritos, dois outros finais, à sua disposição:

Ainda remoia em minha mente minha diatribe contra o desprezo ao meu cavalheirismo quando vi, se aproximando, o carro do Leo, um amigo de praia. Fiz sinal, gritei, até que me viu e parou junto ao ponto, onde eu estava.

— E aí, cara, quequi tá fazendo aí? Tá com uma cara meio esquisita... Qualé?

— Porra, cara, deu o maior role no meu programa. Depois eu conto. Pra onde vocês tão indo?

— Nós vamos pro Lourenço Jorge, avisaram que o Jorjão foi atropelado. Você vem? Qual é, cara, você tá branco que nem neve! Você precisa ir mais à praia.

— Vou sim, tá resolvido. Caraca, acho que não escapa, bem que ela falou...

— Quequi foi?

— Nada, depois te conto. Vamu nessa.

Ou...

Esperei mais algum tempo. Meu cavalheirismo, além de não ter tido serventia nenhuma, já estava no limite de esgotamento; me sentia passando de Sir Galahad para Orlando, o Furioso.

"Não vou mais esperar. Elas não me merecem! Além disso, não conheço qualquer Leonardo, muito menos Jorge, não conheço ninguém e já to com raiva de quem conhece! Toda elegante, toda cheia de pose, vem chegando sem ser chamada, atrapalha minha conquista e se manda; deixa recado e nem por favor, nem muito obrigado; quem ela pensa que é? E ainda leva minha gata! Essa aí também, pô, vai atrás daquela tropa e me larga na mão, aqui, sozinho; me manda amarrar o tênis e evapora, cacete!"

"Quer saber? Hoje não era meu dia mesmo! Meu tênis nem tem cadarço..." Fui.

Numa esplendida tarde de julho (quando mulheres ainda não jogavam futebol)

Estávamos em 1950. Cinco anos já haviam transcorrido desde o término da Segunda Grande Guerra Mundial. Os países envolvidos, mais o resto do mundo, ainda se recuperavam do grande conflito.

No Brasil, terminara o primeiro período democrático após quinze anos da ditadura de Getulio Vargas, e se iniciava um novo governo após a consagradora eleição... de Getulio Vargas, para Presidente da República. O que só confirmava que estávamos no Brasil, se ainda havia margem a dúvidas...

Naquele ano, a primeira Copa do Mundo de Futebol pós-guerra aconteceu aqui, no Rio de Janeiro. O Maracanã (Estádio Mario Filho), especialmente construído, fora inaugurado em 16 de junho, uma semana antes da abertura da competição, ainda inacabado: o maior estádio do mundo.

Além do Rio, as cidades de São Paulo, Belo Horizonte, Porto Alegre, Curitiba e Recife sediaram os jogos, e o *scratch* brasileiro, como se dizia na época, fez uma campanha memorável: Barbosa, Augusto e Juvenal; Bauer, Danilo e Bigode; Friaça, Zizinho, Ademir, Jair e Chico chegaram à partida final, em 16 de julho — com mais de 200 mil espectadores —, contra a equipe do Uruguai.

Os políticos discursavam sobre "a pátria de chuteiras...":

— O país está em vossas mãos...!

Mãos? O popular *Jornal dos Sports* vendia já antes do jogo, fora do estádio, uma edição inédita, com a manchete "Campeão do Mundo" e a descrição do embate final, da retumbante vitória brasileira. Por tudo isso e, também, porque haviam se esquecido de comunicar ao adversário tais certezas indiscutíveis, o Uruguai venceu a partida por 2x1, causando o silêncio mais ensurdecedor da história do futebol, que ainda hoje ressoa nos ouvidos de quem lá esteve: 200 mil torcedores atônitos, mudos, mais onze doidos se abraçando e pulando no gramado. Um sonho tornado pesadelo, fim da festa, todos para casa, agora só daqui a quatro anos...

Meu pai e eu tínhamos cadeiras cativas, que nos garantiam sombra, conforto e segurança por cinco anos. Como o país inteiro, acompanhávamos todos os jogos pelo rádio e no Maracanã, ao vivo e a cores. Não existia televisão comercial e nem computador, e "Seu" David decidiu:

— Mamãe e Sallyzinha têm de ver um jogo, pelo menos. Sabe-se lá quando teremos outro acontecimento destes por aqui!

E decidido estava: nós, os homens, iríamos ao tal jogo na arquibancada, e as mulheres, nas nossas cadeiras; nos encontraríamos na saída. Uma hora antes do início da peleja — Brasil x Espanha —, o "gigante do Maracanã" já estava lotado, mas continuava a entrar gente. Como sempre. Ao adentrar o gramado, como dizem os locutores esportivos, a equipe nacional despertou tal clamor, tal alarido, que as duas se entreolharam, assustadas:

— Que isso?!

— Que coisa, hein, mãe!

Tocados os hinos nacionais, tem início a partida. A disputa se desenrola num espetáculo de virilidade, lealdade e vibração, dentro e fora do campo, que elas nunca haviam imaginado, muito menos visto. Os gols se sucedem. Ohs! Ahs!

— Passa a bola logo!

— Chuta logo a bola, meu Deus!

— Ô perna de pau!

— Juiz ladrão!

Tudo novidade. Sallyzinha se levanta, sozinha, meio fora de hora, para ver melhor a torcida se manifestando... e leva uma meia-laranja chupada na cabeça:

— Ui!

— Senta aí!

Faz parte. Agora ela se sente participante.

Findo o primeiro tempo, intervalo: mãe e filha se entreolham, satisfeitas, não imaginavam tal magnitude, tanta vibração, tanto povo! Um Geneal, um Mate Leão, e "Oh, já vai começar de novo!"

Começa o segundo tempo, o Brasil cada vez melhor. Elas até já arriscam uns uhs e ohs, começam a vislumbrar algum sentido naquela loucura...

— A senhora me desculpe, mas o Brasil, agora, está jogando do outro lado. A senhora está torcendo para a Espanha!

Sallyzinha, que tampouco sabia, agora ria da mãe. Ruborizada — naqueles tempos, as mulheres ficavam ruborizadas quando "davam uma rata"; hoje, os bisnetos diriam: "Caraca, a bisa pagou um mico!" — Dona Maria balbuciou um desculpe acanhado, eu não sabia, e foi dizendo pra filha:

— Francamente, o David devia ter me avisado — e voltou a vibrar com o jogo, agora ainda mais, porque do lado certo. Para completar o encantamento, ainda tiveram a oportunidade de ouvir o estádio inteiro — elas, inclusive — cantando a marchinha carnavalesca "Touradas de Madrid", como despedida da equipe espanhola do campeonato. Inesquecível!

O jogo termina e há um pouco de confusão, algum empurra-empurra — Papai já deve estar esperando a gente! —, e o encontro. Todos felizes, satisfeitos, todas as jogadas relembradas, interpretadas, imaginadas, reinventadas e resolvidas à mesa do jantar.

— Hoje todo mundo cedo pra cama. Estamos todos muito cansados.

— Mas mãeee...

— Nem mãe nem meio mãe! No máximo às oito, de banho tomado e dente escovado que amanhã tem aula.

— Tá bemmm...

Pena que o resultado final do campeonato matou, no nascedouro, o entusiasmo das novas desportistas. Não quiseram mais saber de futebol. Bobagem. Perda de tempo. Temos mais o que fazer... Mas o vírus ficara lá, latente.

Dona Maria só voltaria ao futebol vinte anos depois, pela televisão a cores, com a seleção brasileira tricampeã no México. Aquela tarde esplendorosa de julho, que "Seu" David lhe proporcionara era sempre lembrada, principalmente quando se encantava com o Tostãozinho — como ela o chamava — em seus deslocamentos e jogadas pra lá de inteligentes. Ela vibrava...

Saudades do futebol-arte. Saudades de Dona Maria.

... Tal qual Wesley Snipes

Militares e religiosos sempre tiveram o privilégio de escolher, para construírem seus próprios, os melhores pontos de vista das cidades. O que, afinal, graças a Deus e aos generais, as defende da especulação imobiliária, destruidora do bom de viver e ver.

Assim, ao derredor do outeiro da Glória, com a Igreja de Nossa Senhora da Glória do Outeiro encarapitada em seu cume desde o século XVIII, foi se fixando o povoamento daquela região, hoje conhecida como Bairro da Glória — entre o Centro, a Lapa e o Catete.

Até os anos 30, era a Saint-Germain-de-Près carioca, com seus hotéis — para políticos a trabalho no Rio de Janeiro, então Capital Federal — e seus artistas, a Praça Paris, os modelos arquitetônicos importados da França. Do antigo charme, o desenvolvimento urbano deixou-lhe apenas a Praça Paris e o Hotel Glória, inaugurado em 1922, durante muito tempo a residência oficial de todas as personalidades de importância, nacionais e internacionais, que por aqui aportavam.

Se, por um lado, os projetos de urbanismo modernos afastaram o mar de seus moradores com a construção do Aterro da Glória e Flamengo, por outro proporcionou-lhes um paisagismo de primeira grandeza, pontuado com a Marina, o Museu Carmem Miranda, o Coreto, os Monumentos aos Mortos da 2ª Guerra Mundial, a Estácio de Sá e a Getúlio Vargas, mais o Museu de Arte Moderna.

De suas janelas para fora, vê-se o mais famoso cartão postal da cidade: o Pão de Açúcar, os barcos na Baía e o Aeroporto Santos Dumont, aviões descendo e decolando; de suas janelas para dentro, seus habitantes, moradores e trabalhadores, empresários e artistas, sua gente e seus sonhos.

Somadas as fantasias e esperanças à aura intelectual da ex-Saint-Germain, mais a presença pretérita no bairro de Pedro Nava, famoso memorialista, e de Joaquim Tenreiro, pioneiro e mestre do mobiliário moderno brasileiro, não foi difícil encontrar razões para lá instalar o escritório de arquitetura e design tão sonhado, o que era comum na época entre profissionais de criação com as carreiras decolando — como os aviões de carreira.

Muitos livros, posters, mesas e cadeiras — de design supersônico, prontas para voar —, e toda a parafernália que a informática aposentou, equipamentos de tempos mais heroicos — régua T, prancheta, canetas, nanquim, gilete, pilot, etc., etc., — depois, sobraram, de então, apenas os humanos e seus talentos. Por enquanto.

Curtia-se muito a vista. Com um cafezinho, e um bom som ambiente, os sócios, estagiários e auxiliares se permitiam jogar bastante conversa fora, pois desde o ano anterior não somente a Praça, mas também a conta bancária, floresciam. No final do ano, havia sido possível presentear todos os colaboradores — para satisfação geral e, em particular, dos dois auxiliares administrativos, cujo sonho de consumo, tão falado e lembrado, sempre fora um aparelho de DVD.

— Pra mim, bom mesmo é o Uesleisnipes: o negão é arisco, sempre se dá bem, e em todo filme ainda fatura umas minas branquelas.

— Pois eu, gosto mais do Bruce Willis, um verdadeiro herói. Sempre se dá bem porque está sempre do lado do bem, e Deus está com ele, dá sempre uma mãozinha pra ele.

Máicon, encarregado da faxina e do cafezinho, era um mulato bonito, sorridente, alegre e bem-falante, por vezes bem-falante demais; oriundo da favela da Rocinha, filho de pai desconhecido e de uma doméstica, tinha apenas o 1º grau — completo, como gostava de enfatizar. O resto, uma mãe carinhosa — quando tinha tempo para tal —, a necessidade e a vida lhe haviam ensinado.

De boa índole, interesse mesmo ele só tinha pelo Flamengo e pelas "minas", pelo que procurava se vestir da melhor maneira: como podia e com o que lhe davam, pois ajudava a mãe no sustento da casa e de duas irmãzinhas. Seus únicos bens eram uma bicicleta, seu meio de transporte — que dizia ter ganho de alguém, mas que o pessoal achava que era um "ganho" pra cima de alguém, que a deixara sem cadeado —, e o aparelho de DVD.

Cícero, dos serviços externos e bancários, era nordestino, baixo e atarracado. Viera com a família toda num pau-de-arara, em busca da esperança que o Sul sempre anunciara pela TV, com seis bocas para alimentar. Não pudera completar o 2º grau; o pai morrera num acidente de obra, esperavam a indenização até hoje, portanto vamos à vida que ainda sobram cinco pra comer. Trabalhava, durante a semana, de dia no escritório e de noite num restaurante. Nos fins de semana, na praia, como ambulante; distração mesmo, só o aparelho de DVD.

— Você fica de malandragem, não leva nada a sério, assim nunca vai ser coisa alguma na vida... Cai na real!

— A vida é tudo fantasia, meu camaradinha. Realidade é coisa de rico, eles é que inventam a realidade e, pra eles, nós só ficamos olhando de fora.

O DVD era a paixão em comum que os reunia; tinham combinado um esquema de aluguel de discos na locadora, duas vezes por semana, e que lhes saía pela metade do preço. Mesmo com seus pontos de vista divergentes, era aí que se sentiam vivos e importantes, com sua sabedoria e opções comportamentais em relação aos protagonistas das histórias, se identificando, reagindo contra ou a favor, quase alcançando a realidade nos debates entre os dois: uma realidade fantástica que, no entanto, contribuía para a formação do caráter e projetos existenciais de ambos; cada um à sua maneira.

Filmes, só os de aventuras, ação e policiais, paladinos que eram na defesa da razão e ações de seus heróis, em vertentes simples, sem muita frescura, segundo seus conceitos: o herói e o malandro. O resto do escritório se divertia e dava a maior força nas discussões.

— Ô cabra da peste teimoso, que nem jumento, você já não viu, já não te mostrei que um dos destinos do homem na terra é ser herói na sua existência? Um dia chega a sua hora: meu pai foi herói, botou a tropa toda no pau-de-arara e trouxe a gente do sertão pra cidade grande. Foi uma pena que morreu antes de ver o final de sua aventura, mas, mesmo assim, quando a gente receber a indenização, nossa vida vai se resolver. Ainda vai chegar o meu dia, um dia chega o de todos. Todo mundo, um dia, vira o Bruce Willis, o James Bond — você vai ser o Silva, Máicon Silva! —, o Super-Homem, o Wesley Snipes, podes crer.

— Ih, qualé, cara? Nada de herói pro meu lado: prefiro ser um malandro vivo a um herói morto.

***

Naquele dia, pela manhã, Máicon apareceu com um jornal na mão, todo animado:

— Olha só, pessoal, essa notícia! Botei dois real num jornal só pra esfregar na cara do Cícero, pra ele deixar de ser babaca.

Dizia a nota, sem fotos nem ilustrações, que na tarde de ontem, por volta das 18h20 — segundo testemunhas oculares que não quiseram se identificar —, na plataforma de embarque direção Zona Sul da Estação da Glória, um casal discutia acaloradamente quando, sob o olhar espantado dos usuários, ao ouvir o barulho da composição que se aproximava, o homem deu violento empurrão em sua acompanhante, arremessando-a nos trilhos e, ato contínuo, correu para a saída, sem que ninguém lhe opusesse obstáculo à fuga.

Um usuário, que também esperava e observava, saltou na linha do trem, certamente com o intuito de salvar a vítima, mas foram ambos colhidos pela composição que, segundo declarações do condutor, não pôde frear a tempo. As duas vítimas não puderam ser identificadas, ainda, por causa do estado em que ficaram os corpos — segundo informou o delegado encarregado do inquérito, que já iniciou as diligências para identificar o elemento autor do crime.

— Tá vendo, é isso que dá ser herói, vou mostrar pra ele. Cadê o Cícero? Ainda não veio? Deve ter perdido a hora, deve ter ficado vendo DVD até tarde. Nós pegamos um filme do cacete!

Tempos da inteiraça

A atmosfera da cidade exalava certa excitação festiva. Nos dias em que o sol se dignava a aparecer, entre tantos outros chuvosos, pareciam até os bons tempos da Cidade Maravilhosa, de tão saudosa memória. O clima de expectativa há muito vinha sendo preparado pela mídia. As mulheres redobravam seus esforços nas academias de ginástica; os homens, com um ar circunspecto, mas animado, analisavam as medidas e o estado da lataria. Os bem jovens, os fãs, esses não careciam de explicações:

— Ela é tudo!!

Os menos jovens, com pretensões a ainda jovens, discutiam a propriedade de tais eventos, no tempo, no espaço e dentro do contexto atual; os antigos jovens lembravam e se orgulhavam dela, cerrando fileira, lado a lado com a eterna juventude:

— Está inteiraça! Isto é que é! Cada vez mais cada vez, é a filha que minha sogra deveria ter me destinado! — diziam os mais galãs, se olhando no espelho e se achando, "preciso aparar o bigode, um pouco menor, acho que faz o gênero dela! Nós os maduros, não tem pra ninguém; olha aí essa garotada de hoje, não chega nem aos pés..."

E muita gente de fora:

— *Practice makes perfect!*
— Ela é *pole-position*, mano!
— Trilegal, *tchê!*

Tudo isso, e muito mais, no show de Madonna no Maracanã.

No dia seguinte, ainda tresnoitado, foi trabalhar, no horário de sempre. A noite, ainda que cansativa, tinha sido boa, afinal. Tivera a oportunidade de estar com os filhos e netos em um evento sem conflito de gerações; mostrara à mulher como uma cinquentona, bem trabalhada, podia ficar; vira e lançara olhares significativos para algumas globais do espaço vip: ainda bem que a mulher não percebera, senão logo viria com a pergunta clássica:

— Está esperando alguém? — Só podia olhar para ela, eta coroa ciumenta!... Tem mais é que ser mesmo, com o charme e a classe do degas aqui, hoje em dia, não tem muitos por aí, não!

— Um carioca! — foi seu pedido no balcão do boteco onde sempre tomava um cafezinho antes de subir para o escritório, "boteco supimpa, esse, bem moderno", pensava, admirando a profusão de frutas e energéticos expostos à sua frente, marca registrada dos bares de hoje além dos luminosos com fotos e preços da mercadoria à disposição.

Enquanto preparava o adoçante — açúcar, nem pensar!, já basta a transgressão pós-infarto do café —, percebeu, ou melhor, sentiu algo diferente do seu lado. Virou-se discretamente e viu um casalzinho, bem jovem, sentado em dois banquinhos. O rapaz, de costas, não reparou seu movimento, mas ela, linda, loirinha, uma teteia — em sua classificação não tão moderna —, com o rosto apoiado no ombro do companheiro, lhe dirigia, com as pálpebras semicerradas, um olhar angelical e, ao mesmo tempo, maroto. "Essa menina deve ser da pá virada!", pensou.

Veio o café e ninguém se mexia; de quando em vez, olhava para o lado, discretamente, e encontrava aquele olhar, brilhando, "que olhos!", em sua direção. Não havia dúvida, não estava conseguindo se desvencilhar da atração que sua figura exercia sobre ela, sim, há provas, "jovens, principalmente, sentem especial atração por homens mais velhos, até bem mais velhos; talvez a segurança, a experiência, o enlevo, carinho e técnica que o grisalho prenuncia", é, comecei bem o dia:

"A gatinha tá que tá, não consegue desgrudar os olhos aqui do papai! Bem que tenta, tadinha, mas não dá pra ela. É hoje, agora, como? Para, rapaz, deixa de ser besta, olha o tamanho dele, um tranco só e te desmonta todo! Mas perder essa chance? Não é todo dia que aparece, deve haver um jeito seguro de abordar... Cara, seguro é o que você vai precisar: seguro-saúde. Já se esqueceu de que já teve um infarto? É muita areia pro teu caminhão... Se for numa corrida só, pode ser, mas se ela topar várias paradas, dou conta da viagem! Pomba!, ela continua, daqui a pouco o cara se toca. É, melhor mesmo deixar pra lá."

Deixou os dois reais sobre o balcão, arriscou um último e, porque último, ostensivo olhar charmoso para a sua conquista, pegou a pasta, a capa e o guarda-chuva, virou-se e foi à vida.

No boteco, o casalzinho continuava abraçado, na mesma posição. Ela continuava, vez por outra, dirigindo o olhar para a plasma que ficava à sua frente, no alto, sem som, transmitindo os melhores momentos do show de Madonna. Agora, sem ninguém na frente para atrapalhar a visão.

Cinzas

— Que bom você ter vindo! Tenho sentido sua ausência, falamos muito de você nestes últimos dias.

— E quase não dava, cheguei ontem, tarde da noite. Só anteontem consegui a passagem, uma semana depois; gostaria de ter estado aqui antes, pode acreditar, teria sido um prazer.

— Meus sentimentos.

— Obrigado, quem é?

— O senhorio. Deve estar querendo acertar alguma pendência, mas ficou sem jeito, com você ao meu lado.

— Melhor assim, não é hora de cobranças.

— Desejo testemunhar nossa tristeza; em havendo algo que possamos fazer, ao vosso inteiro dispor.

— Agradecemos, vocês são muito solidários. Até mais ver.

— Cínicos. Inimigos a vida inteira, se você quer saber...

— Pelo que vejo, vocês estão bem. Você é que poderia perder alguns quilinhos; nada de exercícios, né? Bicho-preguiça!

— Obrigada pela força, vivo dizendo isso.

— Mal chegou e já está contra mim. Tinha esperanças de que você pudesse ter mudado. Em vão!

— Não estou contra você, estou a favor dela.

— Minha solidariedade. Era uma figura exponencial! Perda irreparável.

— É verdade, obrigado.

— Achavam isso, mesmo?

— Menos, menos!

— Bem, eu vou...

— Almoçar conosco, já e agora. Temos quinze anos para passar a limpo.

— Não, eu acho...

— Você não acha nada; se achar algo, entrega para o porteiro, alguém deve ter perdido.

— Gaiato ! Não sei como você aguenta esse cara!

— Eu não aguento, eu fico por cima. Além disso, é bom pai, bom marido, bom tudo. Tipo raça em extinção.

— Não é só a justiça, o amor também é cego... Feitos um para o outro! Sorte de vocês.

— Cá estamos. Vou abrir a porta para ela.

— Uau! Cá estamos, nada, como estamos!

— Vamos, entra logo que eu estou com fome. Vai ver o que é uma rainha do lar!

— Não exagera, não cria expectativas nele.

— O risco é seu. São só quinze anos sem saber o que é isso. Vai que eu acostumo?! Onde vocês estão morando? Casa própria? Mil perdões, com um carrão destes e um Armani nos trinques, só pode ser palácio próprio...

— Casa própria, sim, mas a nossa. Vamos ter que conversar sobre isso.

— Tô fora, não quero nem saber. Há muito que não tenho mais nada a ver com isso. Só me diz o que e onde que eu assino.

— Ficamos com a casa. Depois que ele ficou sozinho, se mudou, alugou um quarto e sala e sumiu, no tempo e no espaço; só voltamos a encontrá-lo no mês passado, quando nos chamaram às pressas.

— E, certamente, instalado com uma ninfeta, da idade da filha que sempre quis e não teve. Certo?

— Errado. Da idade da neta. Chegamos, é aquela casa ali.

— Pombas, que luxo que está! Parabéns, vocês devem merecer. Vosso Senhor não dá nada de graça, nem uma Graça!

— Olha os meninos!

— Olha ele aqui, gente! E vocês achando que ele não existia, que era pura fantasia minha.

— Pô, mas também, só falando, sem carta, sem prova alguma!

— Culpa minha, rapazes. Mas, e aí ? Novidades? Só as boas, *please*...

— Nós é que perguntamos. Você é nossa mais nova aquisição. Queremos saber o que está incluído.

— Olha só, o jeitão do pai. Mandou bem!

— Famigerada fome, danada! Vamos logo ao que interessa. Por agora!

— Falou ! Lá dentro a gente se entende.

— Na cabeceira paga a conta...

— Posso servi-lo?

— Obrigado, sem trabalho, deixa comigo.

— Legal, o cara é maneiro!

— Você tá brincando! Só isso? Como sobreviveu com essa frugalidade alimentar? Por todo esse tempo?

— No princípio, por necessidade, depois, por costume. E, sobretudo, por equilíbrio, já que frugal na grana, na pança e na cama. Não sou eu, a vida é que foi frugal comigo. De muito, só o que tive mesmo, foi liberdade; liberdade de busca, ou de fuga, como queiram! Foi difícil, isso foi, porque para romper, para não sucumbir àquela pressão, aos "eu faria assim, eu quero assim, eu sei, eu sou, é para o teu bem, seja eu e serás o", tive de deixar muita coisa para trás, minhas raízes, os amigos que viria a ter e um passado, pouco, porque novo, mas meu. Mas valeu, foi sofrido mas valeu.

— E o que está fazendo no momento?

— Comendo frugalmente, como sempre.

— Muito gozado. No dia a dia, no noite a noite?

— Tudo e nada. Mas por mim mesmo. O que vier, onde vier, eu traço. De dia e de noite.

— É, de certa maneira, em outro grau, é claro, também fiquei ao léu, depois que ela tampouco aguentou mais e desapareceu.

— Assim, sem despedida, sem adeus, desculpe, muito obrigado?

— Pois é: puf! Sumiu. Para todo e sempre. Não fosse essa aqui, meu porto seguro, não sei não...

— Vai, sirva-se de mais um pouco. Calma aí, rapazes, tem mais gente à mesa.

— Estamos dividindo o excesso de frugalidade; visita boa taí!

— Mas não se impressionem com o desabafo, foi pela oportunidade ímpar. Estava ótimo, ótimo mesmo! Muito mais do que vocês possam imaginar. Só o cafezinho e bato em retirada.

— Quê isso ?! Vai dormir aqui. Tem um quarto preparado há mais de quinze dias.

— O quarto do fantasma. Rolou até uma aposta, se era ou não era, se se materializava, ou se ficava passeando pelas brumas do passado.

— Gente, não me levem a mal, podem crer, de todo coração, foi um dos melhores momentos de toda a minha vida. Família, gente, a sua, vocês não podem imaginar a falta que faz. Não se separem nunca! Mas tenho que ir para o hotel, respirar, relaxar. Foi muito demais, a emoção de tê-los, de estar com vocês, as sensações da manhã, o peso que saiu de minhas costas e o tanto de recordações; revi muita gente, gente que amei, gente que odiei, gente que nem um nem outro; foi um tsunami, de coração e mente. Preciso descansar, curtir o bom, esquecer o mau.

— Que seja, há que respeitar. Amanhã a gente se fala. Quer uma carona?

— Não, obrigado, vou a pé. Reviver caminhos, esquinas. Como mudou esta cidade! Vocês não devem perceber muito isso, mudaram junto.

— Tchau. Até. Beijos.

— Tudo bem? Recomposto? Ficamos até tarde continuando a conversa. Mesmo ausente, você foi o mais presente. Os meninos te acharam legal, "O cara!"

— E foi bom mesmo. Tudo. Custei a dormir; tudo rolando na minha cabeça, passado a limpo. Volto como havia ido, pronto pra outra, qualquer outra, vida, aventura, porvir.

— Vai querer ver alguém daquela época? Me diga que eu encontro.

— Não, o que tinha para ver, já vi. E vocês, nem precisa de fotos, vão comigo, minha única bagagem emocional. Do que vivi por aqui, do meu passado, andei me desfazendo e espalhando pelos quatro cantos do mundo. Agora, acabou de acabar.

— Entendo, mas, e hoje, quando nos vemos? Os meninos estão perguntando, aqui ao meu lado.

— Olha, me desculpem se parece grosseria, mas vou embora hoje mesmo, mais precisamente às dezesseis horas. Já cheguei marcado.

— Mas...

— Queiram-me bem, não é fuga, assim é melhor; foi bom, foi ótimo, não me canso de dizer; agora, é hora de partir, de seguir em frente. Tenho certeza, e certeza porque quero tê-la, de que nos veremos novamente.

— Bem, você é quem decide para onde o rumo aponta. Iremos nos despedir, isso não tenha dúvida, nem que não queira.

— Tá bem, claro que será um prazer. Devo sair do hotel lá pela uma e meia; venham um pouco antes, nem tanto tempo que dê para chorar, nem pouco tanto que não dê para beijar.

— Fechado! Até mais.

— Até, aguardo vocês. Beijo.

— Por favor, quarto setecentos e doze.

— Um momento, senhor. Boa-tarde, está aqui embaixo um casal à sua procura.

— Podem subir.

— Perfeitamente, senhor. Podem subir. O elevador da esquerda.

— Obrigado.

— Qual andar?

— Sétimo.

— Tá aqui. Lá vai.

— Mas você acha que ele vai aceitar?

— Foi a última vontade.

— Bem, o problema já não é mais nosso.

— Não se preocupe, pelo que eu conheço dele, saberá muito bem o que fazer.

— Somos nós.

— Já vou, um minuto.

— Olha só, você está linda! Mais do que ele merece.

— Ciúmes, mereço sim.

— Verdade!

— Tudo pronto? Necessita algo?

— Não, obrigado, tudo ok. Beijos e abraços, olha o tempo, amei conhecê-la e aos meninos. Sem lenço nem documento, vocês vão comigo; aqui!

— Você não queria choro, então sejamos objetivos: isto aqui ele deixou para você, com esta carta anexa.

— Pra mim?

— Sim. Me desculpe, mas tive que lê-la, pois só encontrei a urna e a carta com as últimas vontades, e havia providências a tomar.

— E ele deixou o quê para vocês?

— Nem saudades. Esquece.

— Bem, cumpra-se a vontade. Como sempre.

— Pelo menos é a última.

— É verdade. Assunto encerrado.

— Então tá, vamos indo, mas saiba que você fica conosco. Com todos. Abraço, beijo e até.

— Até.

— Olha, o elevador chegou, vamos.

— Você ouviu?

— O quê?

— O barulho da descarga do banheiro. Não disse que ele saberia o que fazer?

Viver é preciso...

O lugar onde se habita em sentimentos, e para onde se retorna, sempre que possível — a cidade natal —, na verdade são vários, como de várias partes vem a nossa herança genética. No meu caso, o corpo é de Porto Alegre, desde 1936; o espírito é de Veneza e Paris, desde 1971; e a alma, de Jerusalém, desde 990 A.C.

Foi na terceira vez em que estive na minha onírica Veneza, ela própria, por si só, uma viagem, que a percebi, por alguns momentos, como nunca antes me passara pela cabeça ser possível: outra viagem!

— Lá vamos nós! — disse um dos dois homens, acompanhados das esposas, que já estavam na gôndola quando entramos, com dificuldade, sem saber se olhávamos para o barco, para o atracadouro, para nossos pés, nossas mãos ou para o gondoleiro; tudo bem, era preciso olhar para tudo, mas em que ordem?

O balanço da embarcação na água do canal — agitada por *vaporettos*, táxis e lanchas particulares — dificultava a operação, mas, afinal, sucesso: nos sentamos na popa, atrás dos dois casais de alemães — percebemos depois — e à frente do gondoleiro, já de pé, a postos com o grande remo. Partimos.

— *Una canzione?*

— *No, grazie.*

— *Va bene.*

Para minha mulher, era a terceira tentativa de passear de gôndola. Em nossas viagens anteriores, eu conseguira escapar do que considerava, hoje, um mico, e anteriormente, dar bandeira, ou seja, deixar claro para todo mundo, para Veneza inteira, que eu era um turista — como se fosse esta a maior preocupação de Veneza, e eu não fosse um turista mesmo: mania terceiromundista, nada de se igualar aos espalhafatosos americanos e às hordas japonesas, miqueiros de primeira.

Desta vez, para evitar um resto de viagem ao lado de uma linda companhia lindamente emburrada, desci da pose e, tá bem: lá vamos nós numa excursão de bando.

Balançando bastante, viramos à esquerda e entramos num canal bem estreito e calmo; às costas dos quatro alemães, recostados e abraçados, observávamos a conversa deles curtindo Veneza, *dal mare!*

— Saímos do Canal Grande, que diferença! Que tranquilidade!

— São os *vaporettos*, as lanchas-táxi, os ricos, parece o centro de Berlim; ou quase.

— Mas aqui, não, aqui dá para se sentir mais a atmosfera da cidade, da qual sempre ouvimos falar. Escuta só, a água batendo nas paredes, um barulho agradável, ritmado.

— Ali naquela casa, com quatro janelas no terceiro andar, morou o grande navegador Marco Polo. *Una canzione?*

— *No, grazie.*

— *Va bene.*

Um dos homens esticava o braço e tocava as paredes das casas por um lado, enquanto o outro fazia o mesmo pelo outro.

— Vê, Karl, como é estreito este canal! Por isso Casanova conseguia escapar facilmente dos maridos de suas conquistas: era só pular de uma janela para outra, do outro lado; se caísse, caia na água, e marido algum iria pular atrás dele para persegui-lo, a roupa e os chifres atrapalhariam um bocado. — E riam, alegres e observadores. As mulheres falavam mais, descreviam mais, como sempre. Universal! (Minha mulher não gostou desta última.)

— Dá para sentir a atmosfera, as cores quentes, o famoso vermelho veneziano.

— O que reforça essa impressão é o acabamento das paredes, vivido, gasto pelo tempo. Heinz! Tira a mão da parede, já estás com ela toda suja!

— E as pessoas andam devagar. A não ser no centro, na zona comercial, onde dá pra sentir a correria, existe nos habitantes um ar secular: parecem personagens de um quadro renascentista.

— Aquela casa vermelha, ali, naquela pracinha, era onde vivia o Mercador de Veneza. Vocês conhecem a história, não? *Una canzione?*

— *No, grazie.*

— *Va bene.*

Era como se todos os mitos venezianos tivessem se concentrado naquele pequeno percurso. O gondoleiro fazia força para tornar a viagem mais cultural, já que seu veio musical ítalo-veneziano vinha sendo firmemente rejeitado pelos gringos insensíveis, devia pensar de si para si.

— Olha só aquele pequeno palácio, todo inclinado. Algum dia ainda vai cair.

— Espero que não seja hoje, agora!

— É, está se tornando um problema: as fundações de Veneza são estacas de madeira, e foram feitas, muito bem feitas, numa época em que não havia barco a motor. A vibração na água, as marolas e as marés as estão abalando, coisa séria; quando as marés sobem muito, já atingem níveis superiores às praças e ruas. A Praça de São Marcos, quando inundada, virou atração turística, e com isso a cidade continua afundando, devagar, mas constantemente.

— Naquele palácio, à direita, com as três sacadas, morava o grande Giacomo Casanova; e que festas ele dava! Vocês estão sabendo quem era, não?

Antes que o nosso comandante e guia oferecesse outra *canzione*, e até para evitá-lo, perguntamos se era sempre assim, de manhã a cidade brumosa, durante o dia o céu luminoso e ao cair da tarde, um belíssimo e instigante céu cinza-prata, às vezes com pinceladas de rosa: um desenrolar de cores e estados de espírito próprios para as noites de Casanova e outros como ele.

— *Si, sempre cosi. Una canzione?*

Pouco adiantara a tentativa de cortar a lição de casa. Seguíamos pelos canais internos, com algumas dificuldades e destemperos entre gondoleiros quando se cruzavam em direções opostas, nos mais estreitos. Alguns minutos mais, e duas outras *canzioni* recusadas, mais três esquinas náuticas viradas e estávamos de volta ao Canal Grande.

— Oh, tá vendo o balanço? Que diferença! Imagine isso o dia inteiro, ano após ano, todos os dias, batendo e vibrando nas casas!

— E o barulho, querida, como mudou! Mas valeu pela sensação de paz, de silêncio! E falando quase no ouvido dela — graças ao *no grazie...*

— Parece que, em alguns momentos, o tempo para. É muito bom.

— *Signori*, cuidado ao subir, a gôndola está balançando muito, segurem-se bem. Esperem que vou ajudar, segure a minha mão. Um, dois, três e...

Foi bastante trabalhosa a operação desembarque, balanço em todas as direções, o embarcadouro alto demais em relação ao nível da água, mas, afinal, estávamos todos em terra firme: um tempinho para se acostumar novamente com o chão, ajeitar as roupas, achar o troco para o gondoleiro. Missão cumprida. Frustrado, mas cumprida:

— *Buonnasera. Auf Wiedersehen. Ciao!*

E assim nos encaminhamos, cada qual para o seu lado, animados e felizes: a alegria de viver estampada nas faces; com exceção dos dois alemães, que, conduzidos por suas mulheres, seguiam alegres e satisfeitos, sim, mas com aquela expressão neutra e silenciosa que têm os rostos dos privados da visão.

O ESPÍRITO DO GASTÃO

Que lástima! Uma pena, realmente!

Depois de passar por todos os abre-portas que o marketing divino exigia para uma santa e nobre jornada terrestre — batismo, crisma, primeira comunhão, procissão, dia do padroeiro, seminário pré-matrimonial e casamento no religioso —, não seria pecar muito admitir que tivesse havido certa ingratidão por parte do Poderoso Chefão nas alturas; no mínimo, propaganda enganosa, se VV. Eminências me permitem.

Sim, quem poderia imaginar que aquele fiel, tão fiel, fosse partir tão cedo, assim, sem mais nem menos, nem mesmo uma bala perdida para justificar o evento; e em uma radiante quarta-feira, em seu escritório de investimentos, no seu querido Rio de Janeiro.

Gastão e Rosinha, naquele ano, completariam vinte e cinco anos de um casamento celebrado na Igreja da Matriz, com tudo a que tinham direito, programado pelo melhor cerimonial da época: quatorze testemunhas — como então estava na moda, além de aumentar, substancialmente, o número de presentes —, música moderninha pela banda dos amigos roqueiros e oficiado pelo Betão, muito popular entre os jovens: cantor de rock, surfista *longboard* e, oficialmente, padre — com certas restrições e olhares desiludidos por parte dos mais velhos e carolas.

Tinham passado por tudo, de bom e de ruim, que se passa durante tanto tempo juntos. Com um casal de filhos adolescentes, já filhos da PUC, o casal tinha o sucesso profissional que lhes afagava o ego: Gastão, no mercado financeiro, sem mãos a medir, melhor dizendo, sem bolsos a medir, para o dinheiro que estava ganhando; e Rosinha, bem, aí já é outra história: era professora, o que não se sabe, por estas plagas, se é sacerdócio ou penitência, mas, ainda assim, feliz, fazendo um trabalho do qual muito se orgulhava.

Como lazer, tinham o Belmonte e o Guimas. No carnaval, a Banda de Ipanema e o Suvaco do Cristo, mais muito Cine Estação, CCBB, Municipal, Cecília Meirelles, Canecão, o que mais pintasse no pedaço: uma vida feliz, comum, mas diferenciada, isto é, incomum para a maioria dos cariocas comuns, antenada com Big Brother, Luciana Gimenez, Raul Gil e outras pérolas *cult* da TV aberta.

Gastão, como bom macho gaúcho, não perdia a oportunidade de uma bravata, uma autovalorização básica, numa boa... quando se encontravam biblicamente, no quarto novo, o sangue quente e as recordações sempre afloravam:

— Hoje é dia de cavalgar minhas coxilhas ondulantes, até o abrigo em minha querência aconchegante! — Meio cafona, mas ninguém é perfeito... Rosinha sorria, cheia de si e se sentindo querida, dos chistes do maridão, de seus *recuerdos* das andanças pelos Pampas onde ele nunca estivera. Saíra de Porto Alegre para o Rio aos oito anos de idade; mas isso é mero detalhe, coisas que o amor desconsidera...

Haviam acabado de redecorar a casa para a festa — de arromba, segundo ele — que planejavam oferecer aos amigos pelas bodas de prata: Prata da boa, como a do meu facão e da bomba de chimarrão! — e o que mais o agradava era o quarto do casal, todo branco — teto, paredes, móveis e tapete —, uma parede espelhada, cortinas de *voile*, um ambiente repousante, etéreo, mas sem frescura nenhuma, coisa de macho, *tchê*! E a menina dos olhos, de cuja descoberta e aquisição muito se orgulhava, mesmo contra a vontade do fresco do arquiteto: o enorme aparelho, também branco, de ar-condicionado, de uma marca estranha mas sem emitir um ruído sequer: "Si-len-ci-o-so!, tás ouvindo alguma coisa? Um sopro que seja? Esse aí foi o degas aqui quem descobriu, trilegal!!

O súbito telefonema comunicando o acontecido, o desespero, a sensação de que o mundo caiu, o enterro e o vazio, na casa e no coração, fizeram com que Rosinha não pisasse naquele quarto por uns bons noventa dias. Mas a vida tem que continuar, há que reagir e viver, o que, com muito esforço, a fez voltar ao sacrossanto ninho do amor — ah!, esse Gastão!... —, e também decidir-se vender o imóvel:

— Aqui não fico! Nem que a vaca tussa! — Passou a dormir no sofá do escritório, agora transformado em quarto de campanha.

— Tá bom, pode ser surto, neurose, psicose, o que vocês quiserem... mas quando entro lá, quando passo por aquela cama, de tão saudosa memória... sinto um calafrio que me percorre o corpo todo, das pernas à cabeça.

— Mas, mamãe, isso passa, é efeito retardado do garanhão dos pampas, como papai se autodefinia — disse Gastãozinho.

— Mais uma razão; bem que ele dizia que ninguém iria pôr a mão na querência dele, mesmo depois de morto. Só pode ser o espírito daquele sacana... — emendou Rosinha, entre um sorriso maroto e um olhar tristonho.

— Tá, mãe, agora virou espírita? Isso passa, é impressão.

— Impressão ou não, tenho certeza de que ele, esteja onde estiver, deve dar boas gargalhadas cada vez que me arrepio toda naquele quarto. Não dá, não dá mesmo, vamos vender a casa, mudar, outra vida, quero mais é sossego! Nada de calafrios!

Decisão tomada, não houve modo nem maneira de fazer Rosinha mudar de ideia; os filhos sugeriram psicólogo, psicanalista, todos os psicos em voga na praça, ao que Rosinha, prontamente reagiu:

— Está bem, então não vendo a casa e tudo que iria obter por ela eu entrego ao terapeuta! Nem vem que não tem! Não tô maluca, tô mais é precisando de um calaquente de vez em quando.

— Ih... tá baixando o espírito do garanhão dos pampas!

Ponto, parágrafo. Não se discute mais. Iniciaram os preparativos para a venda, a lista do que ia e do que ficava. Pelo preço que as coisas estavam, pela hora da morte — quem não tem uma tia que sempre diz isso?! —, resolveu-se levar tudo: móveis, cortinas, tapetes, objetos de adorno e de arte, os ares, tudo.

— É melhor consertar o que está com defeito, a máquina de secar, os aparelhos de ar-condicionado de vocês... e aproveito pra dar uma limpeza no meu. Depois botamos anúncio no jornal oferecendo a casa, e começamos a procurar outra, combinado? Corretores, pelo amor de Deus, longe!

E assim foi feito, dando início à epopeia que, geralmente, leva os casais à quase separação. O que não era o caso, diante do triste acontecido. Nunca se saberá se por arrependimento divino por não ter desviado o indicador um pouquinho mais para o lado naquela quarta-feira, ou por força do espírito — de quem, de quem? sempre ele... —, o fato é que, em 15 dias, Rosinha encontrou comprador; e um imóvel excelente para comprar:

— Milagre, *tchê*! — exclamou ela, sorrindo para dentro. — Nem acredito!

Em sua inabalável decisão, chegou a titubear, só não voltando atrás para impor moral ao sorriso de Gastão em sua memória; e às risadas dos filhos, na sala, quando seu Arnaldo, o técnico de ar-condicionado, telefonou:

— Dona Rosinha, boa tarde, tudo bem? Sou eu, o Arnaldo. Olha, os ares dos meninos tão legal, só precisa de limpeza, agora, o seu é que tem um *pobrema*: não desliga, a gente leva o *terruptor* até o desliga mas tem um curto e ele fica ligado, um soprinho gelado pra caramba, fininho, e como o aparelho é muito silencioso nem dá pra notar que tá ligado. São quatrocentos reais, posso consertar?

— Pode, seu Arnaldo, pode sim — disse ela, um sorriso gostoso nos lábios e um menear de cabeça que só o espírito de Gastão entendeu, orgulhoso de seu aparelho. "Sem mais calafrios", pensou Rosinha, aliviada.

***

Sentados numa confortável nuvem, bem mais ao sul do muito alto, Bento Gonçalves, Flores da Cunha, Osvaldo Aranha e Lupiscinio Rodrigues, tirando um dedo de prosa, não entendiam muito bem o momento celestial:

— Desencarnastes muito antes do que pretendias, então por que ris, ô Garanhão dos Pampas?

O semblante de Gastão resplandecia qual pôr-do-sol no Guaíba, seu sorriso poderoso como avião da Varig, a daqueles tempos, lembram?

Pontos de vista d'África

ANatureza tudo provê. Arranja tudo para que tudo se arranje, para que o equilíbrio se mantenha, a despeito dos homens, que tudo pretendem prever e o desequilíbrio manter, pura questão de Poder.

Há quem pense até que a Natureza é Deus. A vida, digo a vocês, não é complicada a ponto de se perder a cabeça. Ou a própria vida. Graças a Deus, ou à Natureza, como queiram, somos fortes. Mas necessitamos permanecer unidos. É aí que reside nossa fortaleza, nossa respeitável estrutura social, nossa sobrevivência nessa selva da existência; no estar firme na proteção dos nossos: os mais velhos, dos mais novos; os mais fortes, dos mais fracos; as mães, dos filhos e os pais, da família.

Nossos hábitos alimentares próprios já lhes ensinei; e a busca pela água, já sabem, é fundamental. E caminhar, caminhar muito, para o desenvolvimento físico. E então curtir a Natureza, o que ela nos proporciona, o que a vida tem de bom: sombra e água fresca, como querem alguns.

Não creio que se deva almejar o público reconhecimento de nossas qualidades, de nossa maneira de ser, de nossa capacidade de aprender. A vida não é um show. Cuidem-se, resistam, não se deixem levar à plateia, não se deixem transformar em atração.

Quantos a gente conheceu que, por isso mesmo, se perderam, foram e nunca mais voltaram? Continuemos simples, tranquilos. Em sintonia com a Natureza: é sábio. Pode ser difícil, mas deve ser tentado. Sempre.

Vejam só, por exemplo: nós aqui, tranquilamente, comendo o que necessitamos, nem mais nem menos, à sombra, numa boa! E essa turma aí em frente, fantasiada de explorador de Mama África, equilibrada em cima duma máquina, nos olhando através de outras máquinas, fazendo tudo maquinalmente, suando sob um sol escaldante. Melhor caminhar; pessoal, vamos em frente.

— Júnior, recolhe as orelhas, presta atenção nos espinhos! Cuidado! Que não te pisem a tromba!

A ARTE EM VIDA CONTEMPORÂNEA

A rua, uma alameda tradicional, a Gabriel Monteiro da Silva, por exemplo. Em seu entorno cartesiano, vivenciam-se conformadas tentativas de desenrolar congestionamentos de carros importados; e blindados, naturalmente. Nem todos. Certamente os das ex-proprietárias de tantas e tão exclusivas mansões, hoje frequentadoras das grifes exclusivas, inquilinas por sua vez.

É a arte de *shopping*: o melhor de Londres, Paris e Nova York para a melhor sociedade, paulista, é óbvio, nenhuma carioca de shorts e chinelo de dedo, por favor! Mesmo que sejam as da Bündchen. E *Made in China*, pela madrugada, meu, nem pensar: é coisa de pobre, vai na 25 que você se encontra!

O arquiteto mandou bem: um espaço para expor arte todo fechado, um paredão de material pesado e de certa rusticidade sofisticada, Rô está cada vez melhor! Vai longe esse menino! O interior devidamente protegido da visão caótica das lojas fronteiriças, do ruído intermitente da sociedade sobre rodas; e apenas um pequeno círculo envidraçado — uma pupila dilatada, que ideia! — despertando a curiosidade dos transeuntes. Que não são, aliás, objeto de maior ou menor interesse para o Galerista, um dos pilares da atual arte contemporânea:

— O porquê e o quê não cogito, quanto menos por mais me agito! O negócio é empurrar goela abaixo e, de preferência, por baixo do pano.

O espaço interno, um vazio ascético e elegante, num branco total, muito bem iluminado, é bem apropriado para qualquer exposição que se proponha. Muito bom mesmo, nada a ver com os conteúdos em voga — periodicamente expostos —, como dizia, em crise existencial, o Crítico, outro dos sustentáculos do sistema artístico-marqueteiro contemporâneo.

E mais, ele sempre se comparava — se justificando — a um surfista: tem que ir com atenção redobrada e a favor da onda, senão toma uma vaca.

A expectativa é de uma exposição exponencial, mais uma. A recepção, *comme il faut*, é o ponto alto do evento, tá bom, tem a obra de arte também, mas isso a gente vê depois! Admirem-se antes com a profusão de canapés, os *petit-fours*, *barquettes*, mini-sushis e tudo o mais que, além de alimentar, orna! e entra em sintonia estético-papilar com a música do DJ, um dos mais badalados no momento. Sem se descuidar do abastecimento circulante de *prosecco* e vinho, cortesia da Vinícola Montevenii, o que rapidamente alegra o público presente e aderna a compostura dos inconvenientes fotógrafos de celebridades de 15 minutos.

— Sacomé, né? Temos que aproveitar — sempre diz um, limpando a boca com a manga do paletó amarfanhado, camisa e pança pra fora da calça. Tirando esses pequenos senões, ao qual já se está acostumado, um *buffet* da hora!

E os garçons? Ah, os garçons... De comer rezando! Os comestíveis semoventes, é claro. Cílios postiços piscando, à frente de um olhar maroto, assim pontifica a Socialite, mais um pilar na garantida solidez do movimento artístico nacional. Mas, sim, os garçons: altos, fortes e lindos, uns gatos! Vestem trajes negros, camisas apertadas no peito e nos bíceps, ou no *derrière*, conforme a opção; bandana e avental em poás branco, um capítulo à parte, um colírio para todos os sexos. E presentes estão os mais variados, pois perder uma oportunidade dessas, quem há de?

O Curador, *expert* e responsável pela realização, seleção e apresentação da mostra, circula de grupo em grupo, distribuindo sorrisos, induzindo admirações, despertando desejos de aquisições várias — Afinal, não se esqueça, meu Diretor, é o melhor negócio do momento —, ou para o político de folga, vindo de Brasília:

— Senador, é dólar na cueca! Nem preciso dizer, aliás, posso garantir, a valorização futura será algo superlativo. Disso cuido eu.

— Mas não está só, pois outros pilares marcam sua presença, rivalizando-se, buscados por olhares significativos e apresentações pessoais, o Mecenas e o Colecionador: um, dedicado à arte da descoberta e do lançamento da arte, mais propriamente, do artista, movido por variadas motivações que só a cultura, os conhecimentos e a maledicência podem identificar; o outro, pragmático e formador de patrimônio, próprio ou institucional com os objetivos muito bem definidos; ambos bajulados e invejados, peritos na arte de amealhar e lavar... Dinheiro, *my dear*, que mais poderia ser?

E ainda tem o artista, este pilar de coisa alguma se talentoso e fiel a si mesmo. A fauna toda está presente: os da noite, os da panelinha, o contestador, os de obra consagrada e os de obra por consagrar um dia, vocês não tenham dúvidas, quem viver verá. Mas na arte contemporânea atual, o artista presente, às vezes, até atrapalha. Melhor morto. Ou desconhecido. Se estiver vivo, de preferência que fique calado, deixe o Crítico criar por ele: em Times New Roman, corpo 12, quando lhe chegar a vez.

A única dificuldade, um pequeno senão na beleza do evento, é o congestionamento no trânsito interno, entre os grupos e os garçons — que continuam seu abastecimento com muita galhardia —, mais a gente que sai e a gente que continua a entrar. As conversas não fluem, são entrecortadas. E daí?

— Mas quem é, afinal, o artista?

— Aquele barbudo lá, meio sujo, o Sunda.

— E ele é famoso?

— Eu nunca tinha ouvido falar nele, mas para ter essa promoção toda, deve ser.

— Famoso ou protegido de alguém?

— E eu é que sei? Não é problema meu.

— Mas, e essa Instalação, já não esteve exposta? Se bem me lembro, até li que tinha sido comprada pelo Edvar, para a mansão dele.

— Já, meu caro; faz bastante tempo. Só que aconteceu deles fazerem reformas em casa e os operários, sem querer e sem dar importância àquilo que nem sabiam o que era, se descuidaram em meio à obra e quebraram o vidro. Centenas de moscas e baratas se escafederam casa adentro.

— E a Maitê? Deixou colocar à venda?

— Bem que ela não queria. Ficou passada. Dizem que tinha uma queda pelo artista.

— O próprio?

— É. E ficou bipossessa quando descobriu que o marido também. E era correspondido.

— Cê tá de sacanagem!

— Cara, eu não queria essa porra na minha casa nem de graça.

— Nem eu, mano, esses pau torcido e esses vidro quebrado é coisa de babaca. Quem é que acha graça nisso? Serve pra quê? Pensei que não tinha dado tempo de limpar a obra da galeria. Ei, garçom!

— Pois é, a Maitêzinha colapsou de vez, tadinha. Estava tão *proud* de sua última aquisição. Dizem que o marido deu algum pros operários quebrarem sem querer a genial obra do Sunda. Por que, não sei.

— Mas você, que é entendido, isto é afinal uma instalação ou uma performance? Já não tô entendendo mais nada de história da arte.

— Vamos esclarecer bem todos os pontos: sou entendido em arte, que fique bem claro; essa obra aí exposta, para o deleite de todos os seres sensíveis e antenados com a modernidade, é uma instalação, porque: "instalação" é quando os palhaços somos nós e "performance" é quando o palhaço é o artista.

— Tem algum título esta obra? Não vi catálogo nenhum.

— A original se chamava "A eternidade do asco ou as visitantes noturnas *post-mortem*", by Sunda.

— Aquele que...?

— É. Aquele mesmo, você não lembra?

— Que desgraça. Deve ter sido um puta preju, não foi não?

— Que nada! Ela foi comprada, no ano passado, por três pau. Depois do evento "acidente", entre aspas, e das moscas e baratas desaparecerem, depois de passado o choque inicial e de algumas reuniões com o Curador e o Crítico, eles se entenderam com o Galerista, e aí está: uma nova e genial Instalação, transcendental no tempo e dialética no espaço, à venda por 3,5 milhões. Parece que já tem comprador, um Banco Estadual, vai para o Museu Estadual.

— Só se for. Vê lá se alguém poria uma bosta dessas dentro de casa. Com o mesmo nome?

— Tá louco? Daria improbidade administrativa! Agora se chama "A efêmera eternidade do asco ou as visitas noturnas sem as visitantes", by Sunda *apud* Dali.

Às duas da manhã, os últimos e cambaleantes convidados e penetras estão na calçada, à espera de um taxi. A Galeria já fechou.

— E dizem que arte contemporânea não enche barriga...

— Pô, cara, enche sim. Arte contemporânea, como tal, enquanto movimento dialético de expressão artística burguesa, vos digo, enche a barriga, enche a bexiga e enche o saco! E é 100% orgânica: só resulta em merda...

— Ih, já vi que tomou todas, e ainda levou um fora da lourinha.

— Táxi!

— Até a próxima vernissage!

Paraizo

Lá na raiz da Serra é onde fica Paraizo. De que Estado, carece de precisão: toda serra tem raiz e toda Raiz da Serra tem um Município de Paraizo.

A chegada é tripla: um rio para se pescar e para a garotada mergulhar, margeando uma rodovia asfaltada entre os buracos que a compõem e o leito desativado da via férrea, da saudosa e sonora Maria Fumaça, da antiga Leopoldina Railway.

A praça principal, Praça Coronel Heráclito das Neves — preeminente proprietário, benfeitor e bem feitor da região —, tem estudados canteiros estrelados, floridos em vermelho e branco, cores do brasão do município, compondo com bancos de concreto, oferecidos pelo comércio local, o mobiliário urbano da praça, toda pavimentada em pedra portuguesa. Em ferro, razoavelmente conservados, os postes de iluminação e o coreto central, ponto de atração dominical com as apresentações da Banda Municipal Lira do Paraizo e ponto de reunião noturno da juventude local — que outrora fazia algazarra, cantava e namorava —, reduzida hoje em dia a grupos meio devagar, os olhares meio perdidos, falando pouco e não se escutando muito, pendurados pelos ouvidos em seus iPods.

Em torno da praça, em círculos concêntricos, mais ou menos regulares, se desenvolve a cidade: orgulho do urbanismo oficial da Prefeitura desde os tempos em que o Engenheiro Eleutério das Neves, o Dr. Lelé, sobrinho do coronel, foi Secretário de Obras Públicas e conduziu os primeiros surtos de modernização no município. Simpatia à toda prova, Dr. Lelé era formado por uma universidade da zona sul da antiga Capital Federal, com curso de especialização em Saint-Germain-des-Près, em Paris; era ele o representante do clã dos Neves nos quesitos cultura e bons costumes, além de tremendo *bon vivant.*

No feudo do orgulhoso patriarca, até se chegar às terras cultiváveis iam-se distribuindo, por entre o casario bem tratado, todas as edificações que uma promissora urbe interiorana tem que ter — no dizer de Dona Emerenciana, professora do ensino fundamental e cometedora de um gongórico versejar nos saraus literários do Grêmio Cultural e Recreativo Pantheon de Raiz da Serra: o edifício neoclássico da Prefeitura — com escadaria e duas colunas brancas à entrada; a Igreja da Matriz — com seu velho padre, ranzinza e mal-humorado devido à escassez de público em suas missas ininteligíveis e ao Templo do Culto Evangélico, diametralmente implantado, sempre cheio e animado, com seus alto-falantes e o pastor aos berros, tentando expulsar o demônio à força de decibéis; o Cine-Theatro Majestic; a Escola Municipal Dona Ernestina das Neves, o Empório das Mercês, a Farmácia Central, o Posto de Saúde, o Posto Policial e Presídio Municipal, além do Correio Central.

O casario era, na sua maioria, de um ou dois pavimentos, alguns com jardins na frente, outros com garagem, sem maiores destaques, a não ser o Palacete Santíssima Trindade, prédio de cinco pavimentos onde morava o núcleo dos Neves, ponto mais visível, e de partida da modernidade em Paraizo. De tudo o que já se construíra, o Posto Policial e Presídio Municipal era a realização mais significante e densa em seu conteúdo: densa e estranha, bordejando as fronteiras do surrealismo.

Foi no tempo em que o Major Neves havia assumido a Secretaria de Segurança e Ordem Pública, por delegação da Revolução de 1º de Abril de 1964, que "erradicou o perigo vermelho do seio de nossa sociedade pacífica, ordeira e trabalhadora" — conforme se publicou, na época, n'*O Clarim da Serra*.

De rígida formação militar, exercida em várias e distantes áreas do território nacional, houve por bem, dentro do espírito revolucionário, convencer a Câmara Municipal de que um município, sem um presídio, não só destoava do concerto das instituições públicas republicanas, como também poderia incentivar a impunidade e o desrespeito às leis vigentes, proteção e garantia de nossa diligente e democrática sociedade capitalista e temente a Deus.

Com a colaboração do arquiteto Rodrigo das Neves, vindo especialmente do Rio de Janeiro, e do engenheiro Dr. Lelé, foi concretizado o moderníssimo projeto — baseado em similares dos Estados Unidos da América do Norte, baluarte da democracia e da liberdade —, construído, em tempo recorde, pela Empreiteira Neves. O prédio era estruturado em dois pavimentos: no de cima, com acesso por escada externa pelo lado direito, se situava a residência oficial do Secretário de Segurança, de forma que, além do simbolismo hierárquico, o colocava a dezesseis degraus do local de trabalho e tornava o cargo mais atraente, pois ainda poderia contar com a mão de obra dedicada — e gratuita — dos apenados para a manutenção e serviços residenciais, com flagrante economia para os cofres públicos. Na parte térrea, ficavam a Recepção, o Gabinete do Secretário, a Sala do Delegado, a Sala dos Inquéritos, o Centro de Comunicações, o Almoxarifado, a Copa e os sanitários; na ala esquerda, quatro amplas celas com sanitários individuais, gradeadas para o corredor interno, se comunicavam com o Posto através de um Setor de Descompressão — seja lá o que tivessem pretendido dizer com isso os autores de tão completo complexo.

Por muito tempo, por falta de freguesia, o Departamento Prisional Municipal não conseguiu utilizar suas modernas instalações carcerárias. A cidade era pacata, quase todos se conheciam e não havia ladrão, arruaceiro, assaltante nem outros meliantes do gênero. Uma vez, há muitos anos, aparecera um desses, chamados então de pederastas — àquela época um choque e uma aberração —, mas, felizmente para a moral e os bons costumes, foi logo corrido da cidade por adolescentes e menores, aos gritos e ameaças.

O receio da possível perda de verbas pelo não uso de instalações públicas fez com que o prefeito aceitasse, e até mesmo apoiasse, a permissão para que o único sem-teto da cidade, o Nevesbebum, filho bastardo e alcoólatra de um dos Neves, fizesse de uma das celas o seu pouso noturno; deveria, no entanto, limpá-las pela manhã e se ausentar pelo resto do dia, em busca de um emprego: era a chamada resocialização ou inclusão social, tão debatida e propugnada, em seu meritório trabalho, pela Associação das Damas Paraizopolitanas.

Anos depois, com o bebum ainda procurando emprego, finalmente, por força da lei, da ordem e da justiça divina e dos homens, o município pode usar condignamente o seu próprio prisional, em consequência de um crime que abalou a pacata Paraizo.

Gunther e Herta Wagner eram dois imigrantes alemães, após a 2ª Grande Guerra. Dona Herta, como era conhecida, era uma mulher alta, de cabelos louros, forte e alegre; gostava das artes, de música clássica, pintura, cerâmica e literatura, e do convívio social. Sempre que podia — e podia com frequência, porque só se dedicava aos afazeres domésticos —, recebia adolescentes em sua casa, no estúdio de Dona Herta, onde os incentivava e lhes ensinava o que de bom a cultura poderia oferecer àquela juventude interiorana, para sua sensibilidade e educação.

Gunther Wagner — como se apresentava, marcialmente — se dedicava ao negócio de madeiras; montara uma serraria, lá para os lados do Capão do Mato, onde passava o dia inteiro, trabalhando em silêncio e comandando com mão de ferro seus empregados, como diziam os próprios. Frequentemente viajava pelo município e pela região serrana, em seu caminhão, transportando mercadorias. Nunca fora, nem fizera questão de ser, simpático aos habitantes de Paraizo, parecendo na verdade querer se isolar, sem muita conversa, só o estritamente necessário: nada de intimidades ou confidências.

Especulava-se, é verdade; mas não se sabia o que teria acontecido na guerra, antes da derrota e posterior desembarque no Brasil; o quê, para se meter neste fim de mundo, como era a raiz da serra em 1948? Só poderia estar se escondendo de alguém ou de alguma coisa! — De si mesmo — arriscara, certa vez, Sandrinha, a filha do Major Neves, psicóloga da PUC, lotada no Hospital.

Simão Barreto era um desses adolescentes que a sorte bafejara. Tivera todas as dificuldades na infância e, entretanto, crescera saudável, bem apessoado, cabeleira negra sempre revolta, bem falante, alegre e com grande sensibilidade e talento para o desenho, para as cores e para as artes visuais, assim, do nada. Era filho de Teodomiro Barreto, mulato claro, sempre vestido com capricho, o andar ritmado e balouçante, vendedor em domicílio de mil produtos supérfluos — e, por isso mesmo, atraentes — que representava, vindos do Rio e de São Paulo e cujo rol, na falta de um catálogo — ou de propósito, para verter lábia e simpatia —, ele declamava quase como um poema épico, com ritmo e entonações marcantes.

Não havia na cidade quem não o conhecesse, e dele não gostasse. A mãe de Simão morrera no parto, o que sobrecarregara a vida agitada de Teodomiro. No entanto, não o impedira de dar a melhor atenção e educação possíveis ao filho, transmitindo-lhe alegria de viver, companheirismo e simpatia. Tanto assim que, para Simão, era Teodomiro na terra e no céu também. Ninguém mais: era seu herói.

"Nossa Senhora do Perpétuo Socorro! Só pode ter sido ela, ela nunca me falhou, saravá!", exclamou Teodomiro, intimamente, quando conheceu Dona Herta. Vendo a casa por dentro, discutindo interesses e conversando amenidades, por força da profissão, vislumbrou a oportunidade de desenvolver os talentos do menino, de ter alguém e algum lugar onde deixá-lo desenvolvendo uma atividade sã e produtiva, um pouco da mãe que ele nunca tivera.

Esmerou-se na conversa, a envolveu e divertiu com o catálogo versejado, falou-lhe com entusiasmo do menino. Propôs, inclusive, remunerá-la, o que foi firmemente rejeitado. Àquela altura, já tinha sido conquistada pela transbordante alegria daquele mulato dos trópicos e pelo evidente talento do filho, demonstrado nos trabalhos que Teodomiro lhe mostrara, todo orgulhoso e entusiasmado.

Durante vários anos, Simão frequentou o estúdio de Dona Herta como discípulo dedicado, desenvolvendo-se em tudo o que lhe interessou, em tudo que fosse arte; pela manhã ia à escola, e, nas terças e quintas à tarde, ao estúdio. Nos outros dias trabalhava em casa, na sua arte e na administração dos negócios do pai, já que a rua era o escritório de Teodomiro, que, além disso, periodicamente viajava pela região e para o Rio e São Paulo.

Com o tempo, Simão Barreto foi se tornando conhecido em todo o município e era, às vezes, apresentado pelo Prefeito aos visitantes ilustres para fazer um agrado; era o fornecedor de obras de arte para os políticos da região, a preços módicos, é claro.

Aquela semana — mais uma que prenunciava ser tranquila, quase modorrenta, sob o forte sol de verão na raiz da serra — começou atípica; nada como sempre fora. A tal ponto que, posteriormente, em conversa no Bar Badinhos da Raiz, *point* da juventude moderninha de Paraizo, Sandrinha, a psicóloga, pontificou:

— Galera, isso só acontece em filmes do Almodóvar ou em contos de ficção. É demais!

Para começar, os menos afortunados, dependentes do INSS e do SUS, acordaram à toa de madrugada para pegar senha. O Hospital Regional e o Posto de Saúde Pública amanheceram em greve por reposição salarial e planos de carreira, tantas vezes prometidos pelo Dr. Ezequiel das Neves, Diretor de Saúde Pública. Sandrinha nunca trabalhara tanto, dividida entre os Neves, os colegas funcionários, os contribuintes e a própria consciência. Na Escola Municipal caíra uma marquise, por má conservação. Gunther Wagner, que viajara no fim de semana, tinha sido chamado às pressas pelos funcionários, pois queimara o sistema de força da madeireira e ninguém sabia o que fazer: estava tudo parado, cheirando a queimado. Houve um grande bate-boca, bate-portas, bate-gente, uma algaravia geral no apartamento de um dos Neves, filho mais novo do Coronel, que a vizinhança acompanhou até a saída dramática do jovem, cantando pneus e deixando a digníssima esposa aos prantos, na varanda. Teodomiro havia viajado e até aquele momento não voltara, deixando Simão preocupado e mais enredado na burocracia do pai. Pela primeira vez, em muitos anos, o Bebum não voltara para dormir na sua cela, e os guardas se ocupavam em limpar a cadeia. Dona Herta mandara avisar os discípulos que naquela segunda-feira não haveria estúdio de artes. A cidade estava indefesa, o Secretario de Segurança tropeçara e rolara a escada, estava acamado. Todos esses eventos e alguns outros, que passaram despercebidos, fizeram com que a lembrança daquela segunda-feira perdurasse por muito tempo.

Enrolado com a burocracia e angustiado com a ausência do pai — Teodomiro nunca descumprira o combinado —, Simão nem foi à escola pela manhã. À tarde, como de costume, dirigiu-se ao estúdio de Dona Herta. Tocou, esperou, bateu, bateu palmas, chamou, e nada: "Estranho, não parece ter viv'alma!" Encostou o ouvido na porta e, espantado, percebeu gemidos, um fraco pedido de ajuda. Sendo amigo e quase íntimo da família, não titubeou: meteu o pé na porta, arrombando-a e encontrando, assustadíssimo, a doce senhora caída no meio da sala.

Aproximou-se, mal podendo acreditar no que via: sua mestra, sua guru, toda desgrenhada, a roupa rasgada, cabeça ensanguentada, o rosto inchado. Certamente fora agredida de modo violento e sádico: — Meu Deus, que foi isso, quem poderia fazer uma coisa dessas? — Acudiu a querida mestra, quase uma mãe para ele; deu-lhe água, enxugou-lhe o rosto, levantou-a, procurou pelo marido, e nada. A muito custo, a convenceu a acompanhá-lo ao Posto Policial, único recurso emergencial diante da greve do setor de Saúde.

De nada adiantou o prestígio dos envolvidos no episódio; o que se disse na Delegacia, as declarações, depoimentos e registros, com todas as conjecturas, acréscimos e surpresas, tudo se tornou conhecido e assunto do dia em todos os níveis da sociedade local.

O alemão, chamado às pressas por causa do incidente na serraria, em vez de quarta chegou à cidade na segunda-feira; foi ao negócio e, depois de tudo resolvido, para casa, susto e surpresa geral! A querida mestra dedicava suas atenções, carisma e carinho, não aos costumeiros alunos, mas a um adulto, ambos em trajes não condizentes com o que se poderia admitir num lar saudável e cristão, como se comentou, evitando baixar o nível das observações sobre os fatos observados e imaginados.

Vizinhos e alguns passantes ouviram uma grande profusão de gritos, em alemão e português, barulho de vidros se quebrando, móveis tombando, enfim, tudo o que é normal em tais situações, pelo que cada um tratou de se afastar, manter-se surdo e não intervir, pois diz a sabedoria popular: em briga de marido e mulher não há que meter a colher — seja lá quem tenha inventado que o popular é sábio.

A praça principal, à noite, esteve animada como há muito não quedava; assunto era o que não faltava naquele início de semana em Paraizo. Mas havia mais, muito mais ainda por acontecer.

Quarta-feira foi o dia dos procurados. Gunther Wagner não aparecera no trabalho nem voltara para casa; seu caminhão sumira, ninguém sabia onde estava. Simão tentara, por telefone, localizar Teodomiro no Rio, em São Paulo, na Serra. Nada, ninguém o vira. Herta trancou-se em casa. Não abria a porta para ninguém, não falava com ninguém, nem com Simão, seu dileto discípulo.

Na quinta-feira, os primeiros rumores — alguns testemunhos oculares, outros auriculares, outros por ouvir dizer — puseram o Delegado e o Sargento Arnaldão em alerta, ação e percepção dos acontecidos. Vestígios, buscas e interrogatórios acabaram por levar ao desenlace do maior evento criminal nos anais de Paraizo.

As partes do corpo esquartejado de Teodomiro Barreto, enterradas em vários locais para os lados do Capão do Mato, foram encontradas cinco dias mais tarde. Notícias da passagem do caminhão do alemão, subindo a Serra em direção a Nova Caledônia, foram distribuídas. Em dez dias, para espanto geral, revolta e abatimento moral e ético do pacato, diligente, progressista e democrático município da raiz da serra, o crime estava resolvido e o criminoso localizado, preso e trancafiado numa cela do Presídio Municipal de Paraizo.

O *Clarim* publicou um extenso editorial enaltecendo os esforços e a eficiência das autoridades locais, sem, no entanto, deixar de exercer seu dever de fiscalização e cobrança das atribuições dos poderes constituídos em prol da democracia, pois do Bebum não se teve mais notícias. Escafedeu-se.

Evidências, testemunhos, animosidades, provas e simpatia em relação aos protagonistas fizeram com que o caso transcorresse celeremente, como jamais fora a praxe; assim, também, os trâmites legais, até o julgamento, pelo Tribunal do Júri. O veredicto, por unanimidade, condenou Gunther Wagner a quinze anos de reclusão, em regime fechado, sem qualquer regalia.

Acalmada a repercussão do caso, em alguns dias Paraizo pode voltar à costumeira calma, ao diligente cotidiano, às comportadas noites sem nenhum debate ou disse-me-disse na Praça da Matriz.

Dona Herta, passado o período de convalescença e o inquérito policial, não era mais a mesma; triste, sisuda, apenas com Simão ainda trocou algumas palavras, se despedindo. Para tristeza de seus discípulos, nem esperou o julgamento, partindo para São Paulo onde tinha algum parente, como dissera a Simão. Dela, nunca mais se ouviu falar, nem Simão conseguiu encontrá-la em viagens a São Paulo por conta de seu ofício.

Agora com vinte e dois anos, o artista oficial de Paraizo se tornara bem conhecido no meio artístico, nas principais cidades do país, tendo, inclusive, ganho alguns prêmios em salões de arte. Fazia uma pintura de rico e intenso colorido onde predominavam as cores puras, povoada de monstros e figuras conturbadas que habitavam em sua cabeça, numa explosão torturada de formas e detalhes pouco vista na pintura nacional contemporânea: original; instigante.

Os que sabiam de seu passado, das perdas que tivera, achavam sua pintura natural, nem criação nem fantasia: sua arte era ele, e tudo que o envolvera. Ponderava-se como, apesar de tudo, e com tão pouca idade, resistira às drogas e tudo mais: não se perdera, continuava o jovem simpático e afável de sempre, bom conversador sobre o belo, a vida, o futuro, a alegria e a natureza, tudo que todos prezam, mas poucos conseguem vivenciar a contento. Sua arte, sua tradição na cidade, seu poder de argumentação e convencimento — um autêntico Barreto — fizeram com que se tornasse um centro de atenção local, uma atração turística ímpar, humana e um tanto surrealista.

Com o apoio dos Neves, em especial de Mirinha, neta preferida do Coronel, aplicada discípula e admiradora apaixonada, conseguira do governo um atelier que atrairia, certamente, a atenção da imprensa especializada para o progressista município, projetando-o para além de suas fronteiras; e, mais, em intenso exercício de marketing sentimentalista, mostrou que o local que melhor se prestava para tal era a última cela da cadeia, na esquina, à esquerda, sendo apenas necessário abrir uma porta e uma janela para a rua, mantendo-se a grade para o corredor permanentemente fechada:

— O resto, deixem comigo. Já imaginaram o que não atrairá de gente para Paraizo? Quanto a Seu Gunther, minha presença diária, o som de movimento, gente entrando e saindo, da liberdade rolando e, para ele, nada, nenhuma comunicação com o mundo, só lhe acentuaria a consciência do mal que causara, da punição que sofria. Seria como uma satisfação para o meu pai, algo que ficasse marcado em quem o tirara do nosso convívio, de todos nós. Até o dia em que ele saísse, ah, eu bem que gostaria!

A cadeia vazia, com somente uma das celas ocupada, o coração de Mirinha todo tomado e a visão empreendedora do Município fizeram com que a ideia, meio estapafúrdia a princípio, se concretizasse. Obra feita, Simão lá se instalou — uma ambientação dramática, bem ao estilo do artista e ao gosto de quem buscasse extravagâncias: uma parede era a grade, dando visão para o corredor e para a cela vazia em frente, um conjunto soturno em contraste com a parede da rua, com porta e janela amplas, atraindo a vista para o interior do atelier onde um intenso e permanente movimento da luz do dia ressaltava as duas outras, uma em verde denso e carregado e a outra em vermelho intenso, gritante.

Quadros, prontos e por terminar, mais esboços, manchas e formas ameaçadas, em cores contrastantes, sobre as paredes coloridas, ladeavam uma grande frase, pintada em letras grandes, individualmente estruturadas com volutas, palmas e labirintos, em psicodélicas variações: CADA UM É O AUTOR DO QUE O DESTINO LHE RESERVA. Mesas, cadeiras, estantes e cavalete completavam o ambiente, numa bem estudada bagunça, como todo atelier.

Assim e ali viveu Simão quinze anos de sucesso, carinho, admiração e prestígio junto à crítica, aos conterrâneos e aos turistas; o casamento com Mirinha o transformou no primeiro artista dos Neves, um bom impulso em sua carreira. A única coisa que nunca se conseguiu dele foi uma explicação plausível para a sua grande frase:

— É isso aí, assim é que é — era o máximo que ele esclarecia, sempre delicadamente, é verdade, ficando o entendimento a critério do curioso.

***

Aquela segunda-feira tinha algo de diferente, um céu pálido, um ar carregado; o dia estava menos barulhento, todos os sons pareciam sussurrados, abafados. Ninguém apontara algo inusitado, a não ser o soldado Eurico, na passagem de turno, com o sargento Arnaldão:

— Ih, chefe, o Simão tá esquisito hoje, não deu um sorriso, quase não falou comigo.

Arnaldão, há vinte anos naquele serviço, mantendo a ordem no município, sabia porque: estava marcada para as dezesseis horas, com a presença do Procurador Geral, a apresentação do alvará de soltura do alemão. Nem parecia, mas quinze anos já haviam se passado. A pena terminara, nada mais a pagar, nada a opor: tinha sido, inclusive, um preso de bom comportamento. Sairia hoje, era a lei.

O sino da Matriz anunciou as doze horas, lentamente, lamentoso. Simão fechou cuidadosamente a janela, as persianas, e saiu, trancando a porta do atelier. Foi almoçar em casa, o que não era seu costume — sempre comia no bar do Zeca, amigo desde os tempos de adolescente, onde tirava um dedo de prosa. Lentamente também transcorreu o tempo, meio que se arrastando, quando às horas tantas, mais precisamente, às dezesseis e trinta, chegou o Procurador na Delegacia; cumprimentou os presentes, apresentou os documentos legais ao Arnaldão, que chamou o Delegado.

Contrafeitos, conduziram o Procurador ao Setor de Descompressão à espera do prisioneiro, que foram buscar: o alemão já estava pronto, em pé, vestido de terno e gravata e maleta feita, esperando sobre o catre. A expressão do rosto era dura, não sorria, tinha apenas um leve brilho nos olhos que as autoridades presentes interpretaram como um ar de superioridade, de vitória sobre o passado. Abriram a grade, acompanharam o ex-detento até o Procurador, que leu o documento de soltura; ato contínuo, sem nada mais a acrescentar, deram passagem a Gunther Wagner em direção à liberdade.

O crepúsculo já começara quando o alemão saiu pela porta principal do Posto Policial e Presídio Municipal de Paraizo. Parou, olhou ao derredor, as montanhas ao longe, o resto de sol daquela memorável segunda-feira, a primeira livre em quinze anos. Respirou fundo, como se quisesse absorver tudo, toda a liberdade à sua disposição. Finalmente.

As poucas pessoas que estavam na praça viram o movimento na entrada da Delegacia; alguns perceberam o que acontecia, outros nem se lembravam mais, outros ainda nem sabiam do ocorrido tantos anos antes, a cidade havia crescido muito...

Repentinamente, a expressão de Gunther Wagner mudou; seu olhar, num misto de susto e espanto, viu um mulato atravessando a praça vindo em sua direção, todo vestido de branco, com um andar ritmado e balouçante. "Não é possível, devo estar ficando louco."

Sorria tranquilo e tranquilo caminhava. A uns poucos passos do alemão, levantou o braço direito, um brilho em sua mão;

Gunther deixou cair a maleta e levantou as mãos num movimento instintivo de defesa, mas não chegou a ouvir o terceiro tiro. Simão parou ao lado do corpo estendido no chão e acabou de descarregar o revólver de Teodomiro no seu assassino . Em paz, como era de seu feitio, entregou a arma a Arnaldão — que, assustado, assomara à porta — e entrou no Posto Policial.

O julgamento do marido de Mirinha, filho dileto do saudoso Teodomiro Barreto, orgulho e personalidade exponencial das artes de Paraizo, quiçá, muito em breve, do Brasil, correu de maneira satisfatória para todos os envolvidos; mais do que isso, o réu, simpático aos jurados, e o Promotor, Dr. Peçanha de Aguiar, considerando os prós e os contras, e sua promissora carreira — ele que, afinal, não era um Neves —, conduziram o processo até uma condenação que levou em conta todas as atenuantes possíveis e imagináveis, progressão de pena e regime semiaberto, um tanto surreal, substituindo a ordem vigente pela ordem dos Neves: Simão Barreto teria que passar o dia na cadeia, trabalhando em sua cela, e poderia dormir em sua casa à noite.

Todos entenderam que cada um é o autor do que o destino lhe reserva.

Quinzão

Deus escreve certo por linhas tortas. O homem põe e Deus dispõe. Deus está vendo tudo, mas não toma nenhuma providência. Quem dá aos pobres empresta a Deus. Deus seja louvado! Deus é brasileiro. Quem dá aos pobres e empresta, adeus! Cada um por si e Deus contra todos.

Se há alguma serventia, além da apelação, para a palavra Deus, é a sua utilização em ditos e aforismos, bem-intencionados uns, matreiros outros, todos esperançosos e autoenganadores. A escolha, segundo a ocasião, é nossa, do ser humano, seja homem, mulher ou etcetera. E em máximas também. Com mínimos resultados. Mesmo assim, ou por causa disso, se foi sedimentando um caminho literário que viria a desembocar na literatura de autoajuda, sob medida para um público ávido por soluções *prêt-a-porter* para suas dificuldades do dia-a-dia, já que a psicanálise sai caro e amargura ainda mais, pois bota a culpa de tudo em sua querida mãezinha, que é tudo na vida... Haja livros que tudo resolvem, do alfinete ao foguete, passando por pequenas cirurgias! Muito simples, em todos os campos, escritos por sorridentes e autoconfiantes senhores, de terno e gravata, todos MD, PHD, MSc, MBA, numa sopa de letras de abrir o apetite de qualquer carente existencial. E todos autores vencedores, infalíveis na arte de formar novos vencedores. Depende só de VOCÊ! E os perdedores? Onde ficam? Quem seriam? Os que não compraram o livro? Boa! Essa é boa; pelo menos para a conta bancária do guru-autor. No entanto, não é bom que sejam best-sellers, senão todos se tornarão vencedores e deixarão de existir perdedores dos quais ganhar, os potenciais compradores de seus próprios livros; o que colocaria os doutos autores na faixa dos perdedores que ensinam a vencer. Fácil de entender, pois não? E mais, há que manter o equilíbrio natural entre as espécies. Se um ganha, o outro perde; não é uma das premissas do capitalismo? É bom que não se acabe com os burros, os preguiçosos nem os ingênuos.

Autoajuda foi parte da formação do Quinzão. Grande Quinzão, gente boa, de tantas e tão boas memórias! Filho do Seu Joaquim — o padeiro — que diariamente, pela manhã, deixava uma bisnaga quentinha na porta de nossa casa, em Botafogo. Tempos outros, aqueles, em que produto na porta de casa era exclusivo dos moradores; a porta de casa também, e se podia abri-la sem susto ou apreensão. Quinzão — Joaquim, naturalmente — era assim chamado porque mais alto do que todos meninos da rua e, meio balofo, tinha um jeito bonachão; era muito estudioso, batia figurinha e jogava futebol num jeitão meio desengonçado; tudo o que um garoto como os outros fazia, porém, nas horas vagas que uma educação rígida e tipicamente lusitana permitia.

Joaquim, o pai, viera com a família de Portugal, mais especificamente, de Trás-os-Montes, em busca de melhores oportunidades como tantos outros, e dava um duro danado para que seus planos de melhoria se tornassem realidade. Sonhava com uma volta à terrinha: realizado e rico. E apostava todas as fichas no Sr. Joaquim d'Almeida Filho — o popular Quinzão — para o qual projetava a assunção dos negócios da família num futuro não muito longínquo e já antevendo, sobre a marquise do estabelecimento, o letreiro definitivo, em neon: Panificadora Flor de Trás-os-Montes, de Joaquim d'Almeida & Filho. "Esse 'e' todo enrolado é porreta, ô pá!"

Jogo de bola e peraltices com a molecada da rua, das 17 às 18 horas, antes do jantar. Banho, todos à mesa, convívio familiar e leituras até as 22h00 e cama, que amanhã tem aula, pois. E Quinzão seguia, rijo e bem humorado, aula das 7h20 às 12, almoço das 13 às 13h20, deveres de casa de 14 às 15, balcão da padaria de 15h20 às 17h00 e, então, liberada a rua! O portuguesinho dava mais duro que o resto da turma junta. Não era muito brilhante, já haviam comentado na escola, em segredo; e, como tal, espalhado. Como todo aluno, em toda escola, era distinguido com a implicância e desamor de um professor, o Prof. Santelmo, de Química, velho mestre, meio surdo porque vítima de explosão numa experiência que tentara improvisar, no improvisado laboratório da escola pública do bairro. Os dois não se entendiam mesmo. Certa feita, Quinzão, num ato de afirmação profissional ou gozação, pediu para o professor não interrompê-lo "que era pra não perder o fio da fornada". A gargalhada generalizada provocou irada resposta por parte do professor, do tipo "sei que vocês dizem que sou meio surdo, mas você, galeguinho, é meio mudo de ideias". Nova gargalhada coletiva, e a discussão não parou por ali:

— O senhor não me ofenda, respeite meus antepassados que descobriram essa terra aqui. Viemos de Trás-os-Montes, do Além-Tejo, de Belém, do Porto, pra fazer este país, nunca dantes civilizado.

— Por sorte, por pura sorte...

— Sorte nada, insigne mestre, muito trabalho, muito suor. Não fossem os pioneiros lusos, os brancos ainda seriam comida de índio. E não existiria armazém, padaria, etc. e etc. Da nossa parte foi muita farinha, suor e lágrimas, como disse Xuxa.

— Xuxa, não, garoto, foi Churchill, grande estadista britânico. E quem deu um jeito na colonização predatória dos teus patrícios foram os europeus, com muita educação e leitura. Educação e leitura, tens ideia do que isso seja? Sabes o que é Europa? Vou te dar uma pista: faz fronteira com Portugal.

— Sei muito bem, sim senhor. Pode olhar minhas notas. Todas. E quer saber, tem mais: eu leio muito, meu pai me obriga, diz que é pro meu bem, todo dia eu devoro livros.

— Devora, mas não digere, retrucou o professor, com um ar de vitória pelo dito brilhante na hora certa, embora fosse até covardia, devido à diferença de idade e posição. E teria continuado, se a campainha da escola não tivesse soado.

Naquele dia, a discussão foi o assunto exclusivo à mesa, na hora do jantar. No dia seguinte, ele contou para todos os amigos. O pai ficara muito aborrecido, almejava que seu filho viesse a ser mais, bem mais que ele. Para isso, se matava de trabalhar. Ele tinha que compreender que devia ser mais político. Política, meu filho, a política é tudo. E assim, Quinzão perdeu a hora do convívio com a molecada e naquele horário vago lhe foi impingido *Os Lusíadas* e um monte de livros que o pai trazia, sobre o empresário bem-sucedido, a perseverança, alvos, objetivos, metas, etc. etc. Acredite, meu filho, não te estou a punir... não, ora veja. É para o teu próprio bem.

Folguedos, estudo e trabalho, tudo em grande dose e vividos intensamente, além de umas cachopinhas aos domingos no Clube Português, em época de amadurecimento, resultaram em efeito meio caótico no desenvolvimento do futuro panificador. Afirmava que a grandeza de Portugal e suas colônias, o Brasil inclusive, se devia exclusivamente ao destemor e alto espírito empreendedor de D. Manuel I, o Venturoso, assim alcunhado por causa dos ventos portentosos que obrava, inflando as velas ao sair, em excursões memoráveis por mares nunca dantes navegados; que livros de autoajuda eram de alta ajuda para quem os escrevia; e que nada como um dia atrás do outro para se formar um belo calendário. É como dizia meu amado pai: "Os negócios se compõem de três objetivos: trabalho, trabalho e trabalho; no princípio é difícil, mas depois piora bastante, graças a Deus."

Em verdade, muito se discutiu, mas não se chegou à conclusão sobre quais fatores haviam sido os mais influentes na trajetória da família d'Almeida por aqui, na Terra de Santa Cruz, como ele gostava de nomear. O pai morreu feliz com o fato de o filho tê-lo superado, conforme planejara, proprietário que era, então, de uma rede de padarias — oito, ao todo e por enquanto —, além de fornecedor de supermercados e das Forças Armadas; casou-se com uma jovem da colônia portuguesa e criou uma grande família de surfistas, modelos, psicologistas da PUC e assessores de prefeitos, morando todos em um mesmo edifício, o Golden Screen, na Barra. Tornou-se Comendador da Ordem Terceira da Virgem Santíssima de Fátima na cidade natal da família, em Trás-os-Montes, onde passa vários meses todo ano na Quinta do Quinzão, magnífica propriedade do grande — produtor, engarrafador e exportador de vinhos da melhor qualidade — Joaquim d'Almeida O Filho, sendo "O" o capricho que se deu ao luxo de introduzir no próprio nome. "Fica mais porreta, ô pá!"

Aos amigos, às vezes escreve, agora que é dono do seu tempo, e manda caixas de seus vinhos no Natal; conta que sente saudades da turma. Ela também sente dele. Grande Quinzão, um vencedor! Que bom!

Twittercontos (até 140 caracteres)

Rio, Zona Oeste

A fim dela desde Realengo, Freguesia e Barra. Fixação juvenil. Não era a dela, ele. Desilusão terminal. Chumbinho. Enfim paz!

Em compensação...

Dez anos de paixão e rejeição. Afinal, o esperado sim. Tarde demais. Uma bela brochura. Valeu! Um ano na lista dos dez mais.

Esta obra foi composta em Minion 11/13,1.
Impressa com miolo em offset 75g e capa em cartão 250g,
por Createspace/ Amazon.